LES ●NTOUCHABLES

512, boul. Saint-Joseph Est, app. 1
Montréal (Québec)
H2J 1J9
Téléphone : 514 526-0770
Télécopieur : 514 529-7780
www.lesintouchables.com

DISTRIBUTION : PROLOGUE
1650, boul. Lionel-Bertrand
Boisbriand (Québec)
J7H 1N7
Téléphone : 450 434-0306
Télécopieur : 450 434-2627

Impression : Imprimerie Lebonfon inc.
Conception du logo : Marie Leviel
Mise en pages : Mathieu Giguère
Illustration de la couverture : Isabelle Angell, www.isabelleangell.com
Direction éditoriale : Érika Fixot, Marie-Eve Jeannotte
Révision : Patricia Juste Amédée, Natacha Auclair
Correction : Élaine Parisien

Les Éditions des Intouchables bénéficient du soutien financier du
gouvernement du Québec — Programme de crédit d'impôt pour
l'édition de livres — Gestion SODEC et sont inscrites au Programme de
subvention globale du Conseil des Arts du Canada.

Nous reconnaissons l'aide financière du gouvernement du Canada
par l'entremise du Fonds du livre du Canada (FLC) pour nos activités
d'édition.

Société
de développement
des entreprises
culturelles
Québec ✚✚ ✚✚

Conseil des Arts
du Canada

Canada Council
for the Arts

Dépôt légal : 2012
Bibliothèque et Archives nationales du Québec
Bibliothèque nationale du Canada

ISBN : 978-2-89549-563-5

Les bravoures de Thomas Hardy
Tome 2, La grande kermesse

Dans la même série

Les bravoures de Thomas Hardy,
    Le bal des anciens, roman, 2012.
Les bravoures de Thomas Hardy,
    Répit pour les quidams, roman, 2012.

PHILIPPE ALEXANDRE

D'après une idée de Michel Brûlé

Les bravoures de
THOMAS
HARDY

2. La grande kermesse

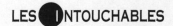
LES INTOUCHABLES

Le deuxième livre de cette série est
dédié à ma mère, qui ne l'attendait plus.
Merci pour ma vie, je n'aurais pu
en demander une plus belle.

UN

Le déclic de l'interrupteur, tout à fait audible dans la classe silencieuse, fait soudain jaillir la lumière des néons. *J'en ai peut-être trop mis en fin de compte*, se dit alors Thomas en pensant à la finale touchante de la vidéo de son bal costumé, présentée spécialement aux élèves de sa classe. Ces derniers qui, depuis le début du petit film, sont passés de la surprise aux rires incontrôlés, restent à présent aussi immobiles que muets. C'est madame Marquette qui applaudit la première, rapidement imitée par les jeunes spectateurs, tous déguisés pour la journée d'Halloween.

— Premièrement, Thomas, bravo à toi et à tes amis !

Toutes les têtes se tournent vers le garçon qui rougit malgré lui.

— C'était très… inspirant ! poursuit l'enseignante.

Elle regarde autour d'elle et constate le mutisme de ses élèves.

— Mon Dieu, vous avez donc bien tous l'air figé ! Est-ce que quelqu'un a des commentaires particuliers ? Un éloge, une critique… n'importe quoi !

Une jeune demoiselle, costumée en poupée de chiffon, hésite, puis lève lentement la main.

— Vas-y, ma belle Sophie, on t'écoute !

— Euh… je sais pas comment dire ça.

— Essaie, ma chère, je t'en prie ! lui lance madame Marquette, un tantinet impatiente.

— Ben… comment ça, c'était bon de même ?

— Qu'est-ce que tu veux dire ?

— Hum… ben, le montage, pis la musique… pis… euh… tout le reste… comment ça, il a fait ça ?

— Ah, donc, si je comprends bien, tu as beaucoup aimé ! s'exclame sarcastiquement la dame. Eh bien, ça tombe à pic, puisqu'on a le merveilleux privilège de compter le créateur de la vidéo parmi nous ! Thomas, veux-tu nous éclairer davantage sur ton chef-d'œuvre ? Je pense que tout le monde ici est extrêmement curieux de savoir comment tu t'y es pris.

Le garçon, qui réalise à présent avec soulagement que l'absence de réaction des autres élèves est en fait un élément plus que positif, se met à expliquer les étapes de la réalisation de son projet, d'abord assis à son pupitre, puis à l'avant où l'enseignante l'invite rapidement à venir pour s'adresser à son auditoire. Thomas a toujours détesté les examens oraux, mais les circonstances sont aujourd'hui bien différentes et il apprécie énormément l'attention (et l'admiration!) que lui portent ses camarades de classe. Surtout que la plupart d'entre eux semblent avoir retrouvé leur langue et lèvent maintenant la main à répétition pour réclamer explications et détails.

Étrangement, malgré la forte dose d'humour qui se dégage de la vidéo et son rythme soutenu qui rappelle les clips musicaux, ce sont surtout le début et la fin qui ont marqué les jeunes. Après la scène d'introduction aussi étonnante qu'émouvante et les séquences comiques sur la piste de danse, l'action se calme au son d'une mélodie mélancolique qui va droit au cœur.

Lorsque le bal se termine, on voit les gens rire et se serrer les uns les autres, les yeux pétillants de vie, puis quitter la salle lentement (filmés par un petit Mexicain à la fois prévoyant et sensible), leur dos courbé trahissant de nouveau leur âge.

— J'ai jamais vu mes grands-parents s'amuser, déclare un garçon dont le déguisement consiste uniquement en une casquette munie de grosses oreilles de lutin. Ils sont toujours fatigués d'habitude et ils restent assis sur le sofa dans les fêtes de famille.

— Moi non plus ! s'exclame un autre. Ben, oui, quand j'étais plus jeune… Mais, là, on dirait qu'ils ont plus le goût.

— Hum, intéressant. Et ça vous a fait quoi, de voir ces gens-là s'amuser comme des fous ? demande l'enseignante.

Cette fois-ci, les jeunes ne prennent pas la peine de lever la main et s'expriment librement :

— Moi, ça me fait moins peur de vieillir !

— Moi aussi !

— Ça me donne des idées pour mes grands-parents.

— Ouin, peut-être qu'il faut juste insister un peu plus !

— Ou les organiser ! Comme Thomas a fait !

— Bon ! intervient madame Marquette avant de perdre le contrôle de sa classe. Je vois que tout le monde s'est débarrassé de sa p'tite gêne. C'est bien. Mais comme Thomas doit faire le tour des autres classes de première pour leur présenter son film, on va le laisser partir tout de suite. On peut continuer la discussion entre nous par contre, car le sujet est plus qu'intéressant.

Elle marque une pause.

— Avant qu'il ne parte, que diriez-vous d'une dernière bonne main d'applaudissements pour la route ?

La petite poupée de chiffon se met à applaudir avec enthousiasme, aussitôt suivie par le reste de ses camarades. Thomas, le sourire fendu jusqu'aux oreilles, salue son public et retire le disque du lecteur DVD. Il ramasse ses affaires et sort du local où tous les regards sont rivés sur lui. Son prochain arrêt est la classe de son meilleur ami, à qui il a promis de passer en premier. Dès qu'Ernesto aperçoit son visage à travers la vitre, il se lève et interrompt le discours de son professeur :

— Il est là, monsieur ! Vous allez voir, ça vaut la peine !

L'homme austère, prévenu par la direction, est tout de même irrité par cette soudaine interruption ; il laisse néanmoins entrer Thomas dans la classe. L'ego gonflé par le succès qu'il vient tout juste de connaître, ce dernier semble beaucoup plus décontracté. Après avoir demandé à son ami de venir le rejoindre, il fait une brève présentation de la vidéo et laisse à Ernesto le soin d'en démarrer la lecture.

Cette fois-ci, au lieu de regarder son film, Thomas étudie les réactions des spectateurs et remarque avec bonheur qu'elles sont pratiquement les mêmes que dans sa classe. Les jeunes sont d'abord médusés, durant les deux premières minutes, puis éclatent de rire lorsque les Na'vis plus dégourdis commencent à se trémousser sans retenue, savourant l'attitude surprenante des aînés. Thomas aperçoit même quelques yeux mouillés dans l'auditoire lorsque l'atmosphère du film devient plus sentimentale. Après la projection, il répond à quelques questions, puis laisse parler Ernesto, devenu lui aussi une petite vedette par association. Celui-ci obtient d'ailleurs la permission spéciale d'accompagner son ami pour le reste des représentations.

— Tu sais, *amigo*, ce n'est pas le but premier, mais je pourrais tout à fait m'habituer à ça.

— À quoi?

— Aux applaudissements.

Thomas sourit.

— Et moi donc!

Les deux complices poursuivent leur tournée dans la classe de Karl et de William (où ce dernier prend vite la parole et entre dans les plus petits détails imaginables), se révélant être des présentateurs hors pair. Cette expérience toute particulière se poursuit jusqu'au dîner, où les quatre amis se retrouvent pour savourer pleinement leur succès devant un plat qu'on trouve rarement au menu de la cafétéria : une bonne poutine bien grasse extra fromage.

Privilégiés, les élèves de première secondaire sont arrivés au collège la première année où l'on y permet le port du déguisement à l'Halloween. À condition de respecter certains critères, comme le bon goût et la fonctionnalité, les jeunes peuvent ainsi mettre de côté leur uniforme pour cette unique journée et laisser libre cours à leur imagination. Même les professeurs se sont mis de la partie : la plupart ont opté pour un ou deux accessoires loufoques, alors que quelques-uns y ont visiblement mis toute la gomme (obtenant ainsi automatiquement le respect des élèves).

Puisqu'ils célèbrent un succès commun, Thomas et ses copains ont décidé d'incarner les quatre mousquetaires. Sans grande surprise, William porte le costume le mieux conçu et le plus authentique, tandis que les trois autres se sont contentés du chapeau traditionnel, de la moustache peinte et de l'épée en mousse.

— T'as ben un beau sourire, mon Karl ! s'exclame Thomas en voyant le visage satisfait de son ami.

— Je me sens comme une vedette ! répond ce dernier juste avant de boire d'un seul trait son berlingot de lait.

— En tout cas, t'avais l'air pas mal cool avec ton uniforme de serveur. Je pense que t'as gagné des points avec les demoiselles !

Karl rougit et choisit de croire cette affirmation. William, pour sa part, a l'air un peu moins enthousiaste.

— Moi, c'est poche, on me voit presque pas !

— C'est pas grave, le console Ernesto. Ton rôle était super important et, nous, on le sait.

Thomas lui met une main sur l'épaule.

— C'est vrai, mec, si ç'avait pas été de toi pis de tes parents, le projet aurait jamais été aussi *hot*, et la vidéo non plus. Pis elle est tout ce qui nous reste maintenant que l'événement est fini !

— Ouin…

— En plus, on voit ton nom en dessous de ta face dans le générique, c'est pas comme si tu passais inaperçu. Penses-y, à partir de ce soir, il y a probablement des milliers de gens qui vont savoir qui t'es !

Ces paroles redonnent le sourire au mousquetaire à lunettes.

— Qu'est-ce qui se passe ce soir ? demande Karl.

William se retourne vers lui avec un air machiavélique.

— On va mettre la vidéo sur YouTube…

— Oh…, répond Karl en écarquillant les yeux lorsqu'il réalise que cette soudaine visibilité s'appliquera aussi à lui.

Ernesto se frotte les mains avec enthousiasme.

— Haha! J'ai trop hâte! *Hoy es un gran día, amigos!*

— Aujourd'hui… est un… grand jour… les amis?

— *Sí, señor Thomas! Sí!* s'exclame Ernesto en applaudissant son camarade.

Ce dernier a du mal à contenir sa joie.

— Non, mais ce qui est cool, c'est que de le présenter aux gens, ça me fait revivre la magie du moment, pis chaque fois je remarque quelque chose de nouveau. J'arrive pas à croire qu'autant de monde va pouvoir regarder le film, c'est trop tripant!

Un élève passe alors à côté des garçons et les félicite pour la vidéo. Puis un autre. Puis UNE autre.

— Malade, votre film, les gars! Malade!

— C'était fou! Trop bonne idée, *man*! Tu devrais mettre ça sur YouTube!

— Thomas, c'est ça? Juste de même… euh… il y a un party chez nous samedi, si jamais ça te tente de venir…

Et ainsi de suite. Après le dernier commentaire positif, émis par le sympathique professeur d'art dramatique qui les a d'ailleurs cherchés partout dans la cafétéria, les quatre mousquetaires se lèvent tandis que Thomas s'écrie:

— Un pour tous!

Ce à quoi les autres répondent :

— Tous pour un !

Annick, assise à une autre table avec ses amis, observe la scène d'un air amusé. Lorsqu'il remarque la jolie vampire, Thomas la salue en preux chevalier et forme avec ses doigts le code magique : « Rendez-vous à notre endroit secret. » La demoiselle sourit et acquiesce, toujours en toute discrétion, préparant aussitôt une excuse pour pouvoir s'absenter un moment. Thomas fait de même, prétextant un rendez-vous chez le directeur pour un suivi de dossier.

DEUX

Au sous-sol, dans une aile peu fréquentée du collège, se trouve une petite salle qui communique avec une sortie de secours. Pratiquement abandonnée, cette pièce est à présent pleine de poussière, et la seule lumière qui y pénètre provient d'une minuscule fenêtre donnant sur le côté du bâtiment. C'est par son grand frère que Thomas a récemment appris l'existence de cet endroit alors qu'il l'écoutait (durant une rare discussion sérieuse) raconter ses conquêtes amoureuses.

Bien qu'il soit encore trop tôt pour parler d'une telle relation entre Annick et lui, les circonstances particulières de leur amitié leur ont rapidement donné le goût d'être discrets. En effet, après l'incident avec Marco, ils ont pris l'habitude de se voir en cachette et se sont étonnés d'y prendre autant de plaisir. Car même si leur jeu complique un peu les choses, il rend également leurs rencontres encore plus spéciales.

— T'es vraiment belle comme ça, en vampire, même si tu fais un peu peur.

— Haha ! Merci. Au fond, ça faisait mon affaire qu'on n'ait pas le droit de se mettre sexy, j'ai pu me concentrer un peu plus sur le côté épeurant.

— Bah, pas besoin d'être sexy pour être jolie. Ta robe a vraiment l'air vieille, elle vient d'où ?

— Oh, c'était à ma grand-mère. Je l'ai juste teinte en noir pour faire plus gothique.

— C'est cool que tu t'en sois donné la peine, en tout cas. Nous, on a opté pour le concept des quatre mousquetaires, mais j'ai été trop à la dernière minute pour mon costume. Mon attention était pas mal concentrée sur le montage du film. On l'a fini hier soir.

— J'ai hâte de voir ça !

— Ben… justement, je voulais te demander… Est-ce que ça te tente, qu'on passe l'Halloween ensemble ce soir ?

— C'est drôle, t'as l'air tout gêné de me le demander.

— Pfft, non ! ment aussitôt le garçon.

— La seule chose, c'est que je suis censée la passer avec mes amies.

Thomas fait de gros efforts pour cacher sa déception :

— Oh, c'est correct, c'est pas grave.

— Mais non, je te dis oui quand même ! Peut-être qu'on pourrait se rejoindre quelque part, après une heure ou deux, pour continuer ensemble. Au pire, je vais être avec Julie. Elle sait qu'on est… ben qu'on est amis.

— Parfait! Même chose pour moi. Je me promènerai avec mes chums au début, mais comme les parents de William pis de Karl sont assez protecteurs, ils les laisseront pas veiller tard un jour de semaine. Alors, il va juste rester Ernesto, pis, lui aussi, il le sait que… En tout cas, on se comprend.

La jeune fille acquiesce en se mordant délicatement la lèvre, geste subtil qui augmente considérablement le rythme cardiaque de Thomas. Bien que ce dernier rêve d'embrasser passionnément son « amie », la peur de gâcher une relation aussi parfaite freine chaque jour son élan. Annick partage d'ailleurs ce sentiment, son cœur hésitant entre une amitié qui lui est chère et le désir de pousser les choses plus loin.

— Comment c'était, la présentation?

Le regard encore fixé sur les lèvres d'Annick, Thomas sort de ses pensées.

— Hein? De quoi?

— La présentation… de ton film…

— Oh! Bien.

— OK… un peu plus de détails, s'il te plaît?

— Hum… c'était génial, en fait. C'était tout ce que j'avais espéré, mais en mieux. Je vais pas te mentir : j'aime ça, avoir l'attention des gens sur moi, je suis de même depuis que je suis tout petit. Mais là, en plus, j'ai vraiment l'impression d'avoir accompli quelque chose. C'est comme un rêve… qui se poursuit.

Le double sens de cette affirmation échappe à Annick.

— Je suis vraiment contente pour toi, j'avais trouvé l'idée tellement bonne ! Ma mère aussi, elle arrêtait pas de me dire à quel point elle te trouve spécial. Est-ce que tu penses refaire quelque chose comme ça à un moment donné ?

— J'aimerais ça, c'est sûr, mais pour l'instant j'ai pas vraiment d'idée.

— Si jamais t'en as, penses-tu que, cette fois-ci, tu pourrais m'inclure dans le projet ? J'aurais tellement aimé ça, aider les résidants à fabriquer le décor !

— Je te le promets.

— Promis juré ?

— Promis juré… signé avec mon sang, tout le kit !

— Ton sang ? Fais attention à ce que tu dis, toi !

Elle se penche vers lui en faisant mine de vouloir lui mordre le cou. L'odeur de son shampoing parvient aux narines de Thomas, qui ferme les yeux pour mieux la respirer. Annick s'arrête brusquement et lui pousse légèrement l'épaule.

— T'es censé avoir peur, nono !

— Peur ? Tu sens ben trop bon pour ça !

Annick esquisse un petit sourire étonné, puis se met à fouiller dans son fourre-tout.

— Tiens, dit-elle en tendant la main, c'est pour toi !

Dans sa paume se trouve un médaillon en argent représentant le yang.

— Waouh ! Pour moi ?

— Tu le connais, ce signe-là ?

— Yep.

— Moi, j'ai l'autre moitié, le yin.

La jeune fille sort son médaillon de sous son corset et le montre fièrement à son ami.

— Il faut juste que je te dise… T'es pas son premier propriétaire, par contre.

— Qu'est-ce que tu veux dire ?

— Ben, tu sais quand je t'ai dit que tu me faisais penser à mon meilleur ami, celui que j'avais dans le Nord ?

— Oui, je m'en souviens.

— C'était à lui avant. Est-ce que ça te dérange ? Je peux le reprendre si tu veux. Je comprendrais si tu trouvais ça étrange ou quétaine…

Thomas n'a même pas le temps de répondre qu'Annick se rétracte :

— Oh, dans le fond, laisse faire, c'est con !

Elle tente de reprendre son cadeau, mais le garçon referme aussitôt sa main.

— C'est ni étrange ni con. Si tu veux vraiment le ravoir, t'as juste à me le dire, mais si c'est moi qui décide, je préférerais le garder.

Annick hoche doucement la tête. Percevant sa soudaine vulnérabilité, Thomas baisse un peu le ton :

— J'ai juste une question.

— J'imagine que tu veux savoir pourquoi c'est plus lui qui l'a ?

— Oui, mais t'es pas obligée de répondre.

L'adolescente hésite.

— Ce soir, OK ? De toute façon, il faut que je retourne à la café, mes amis m'attendent.

— C'est bon.

Les deux amis se lèvent en même temps en se dépoussiérant le derrière.

— Merci pour le cadeau.

Annick hausse les épaules et s'éloigne pour prendre un peu d'avance sur Thomas. Tandis qu'il la regarde marcher au loin, il se demande combien de temps il pourra résister.

Comme prévu, les quatre mousquetaires se rendent chez William après l'école pour mettre la vidéo en ligne. L'excitation que ce moment spécial leur procure, décuplée par l'atmosphère enivrante de l'Halloween (ainsi que par la quantité phénoménale de friandises qu'ils ont déjà ingurgitée), les galvanise complètement. Tellement que même les parents de William, pourtant heureux que leur maison soit plus vivante, doivent leur demander à maintes reprises de se calmer. Et si les événements des dernières semaines ont fait monter d'un cran leur niveau de maturité, les membres du quatuor ressemblent en ce moment à des enfants de huit ans.

— Prends ça, Porthos! s'écrie Ernesto en frappant Karl avec son épée de mousse. Ça t'apprendra à manger tous mes Smarties!

Lorsque la main dodue de Karl attrape (facilement) l'arme, le jeune Mexicain lâche aussitôt son épée et saute sur le dos de son ami. Celui-ci le fait alors tourner sur place pour l'étourdir et s'effondre ensuite sur le lit en le coinçant sous son poids.

— À l'aide! Il va m'écraser!

William et Thomas, le contour de la bouche taché de chocolat, se mettent à battre frénétiquement Karl jusqu'à ce qu'il roule sur le côté.

— Tu as encore trop bu! l'accuse Ernesto en remettant son chapeau. C'est une honte, *amigo*!

Puis tous jettent leurs armes, profitant de l'occasion pour faire une petite pause.

— Aaaaaaah! s'exclame Thomas en s'assoyant par terre, la tête contre le mur. J'ai pas eu autant de fun depuis le primaire.

William, le seul encore debout, fait les cent pas dans sa chambre.

— Je pense que je suis en train de devenir fou, les gars, de devenir fou! J'ai mangé trop de sucre, j'ai trop exagéré, je pense que je vais faire une crise cardiaque. Mon cœur bat trop vite, là, c'est pas normal! Ma tête pense trop, elle va exploser! Ça se peut-tu que le cœur arrête, pis que la tête explose en même temps? Aaaah! J'espère pas, j'aime mieux pas penser à ça, non. Non, non, ça se peut pas, c'est sûr…

— Assieds-toi, mon gars, lui demande Thomas, un œil entrouvert. Tu m'étourdis!

— J'aimerais ça, crois-moi, j'aimerais ça, mais je peux pas! Je peux pas! Ça y est, je perds le contrôle, je vais tomber sans connaissance, je vais m'effondrer, c'est sûr!

Lorsqu'ils voient, à son sourire en coin, que leur ami joue la comédie, les trois autres éclatent de rire!

— Riez pas! s'indigne William en essayant de garder son sérieux. Je vais peut-être mourir!

— Mourir? Pas avant d'avoir goûté à la gloire, répond Thomas, pas avant.

Il se tapote fermement le visage pour sortir de sa torpeur et se lève d'un bond.

— *Let's go*, les *boys* ! Notre destin nous attend !

Sur ce, les garçons partent retrouver l'informaticien dans son bureau afin de transférer la vidéo du bal costumé sur la chaîne YouTube de Thomas.

Comme le procédé est plutôt simple, Denis se contente de leur copier le fichier original sur une clé USB qu'il remet ensuite à son fils.

— J'ai fait plus que ma part, les gars. Maintenant, vous me laissez travailler, OK ?

Thomas lui serre la main.

— Merci, Denis ! T'es le deuxième meilleur père au monde !

— Haha ! Ça m'a fait un grand plaisir. Allez, ouste ! Sinon je vais vous charger mon temps !

Il ne faut pas plus d'une quinzaine de minutes à William pour mettre le petit chef-d'œuvre en ligne. Puis ses amis et lui partagent le lien de la vidéo sur leurs comptes de messagerie ainsi que sur leurs pages Facebook. Après avoir fixé l'écran en se tournant les pouces un bon moment, Thomas déclare :

— Hum, on peut pas rester ici à attendre qu'il se passe quelque chose, sinon on va virer fous.

— On pourrait manger, propose Karl.

Les trois autres se regardent d'un air consterné. William remet sa perruque sur sa tête et jette un coup d'œil par la fenêtre.

— Il commence déjà à faire noir. Pourquoi on n'irait pas tout de suite passer l'Halloween ?

Ernesto se lève et s'étire en poussant un long gémissement.

— Bonne idée ! Et moi aussi, j'ai quelque chose à proposer : on remplit nos sacs et on se trouve un endroit caché pour se raconter des histoires d'horreur !

— *Yesss* ! s'exclame Thomas en tapant dans la main de son ami.

Après avoir récupéré leurs armes et rafraîchi leurs moustaches, les garçons sortent pour défiler dans les rues à la recherche du butin sucré.

TROIS

Tandis que le soleil tire sa révérence et offre au mince quartier de lune une ville assombrie, les mousquetaires vont de porte en porte et s'empressent de terminer leur cueillette. Karl, qui traîne la patte derrière ses compagnons depuis le début, commence à en avoir ras le bol. Sa respiration est laborieuse.

— Coudonc, les gars… est-ce qu'on est poursuivis par un maniaque ou quoi ? Ça vous tente pas de… prendre ça relax un peu ?

— Ça va te faire du bien ! lui lance Thomas sans malice aucune. T'as dit que tu voulais perdre du poids, alors profites-en !

— Oui, mais… je voulais commencer demain… pas le jour de l'Halloween !

Ernesto finit par le prendre en pitié et suggère aux autres de s'arrêter dans le parc le plus proche.

— Déjà ? se plaint aussitôt William. Mon seau est juste rempli à moitié !

Thomas le regarde avec dérision.

— Pense aux enfants du tiers-monde, on est déjà pas mal chanceux !

— Confirmé, *amigo* ! ajoute Ernesto.

L'ironie de la situation étant accentuée par son luxueux costume, le mousquetaire à lunettes n'a d'autre choix que d'abdiquer.

— Mais oui, mais là…, marmonne-t-il tout bas alors que Karl le dépasse en lui donnant une bonne tape dans le dos.

À quelques minutes de marche de là se trouve un immense parc qui s'étend sur plusieurs coins de rues. En plus des jeux traditionnels et des terrains de sport, on y trouve un endroit entièrement boisé qui, dans la noirceur du soir, a l'air d'une vraie forêt. Les quatre amis s'y installent, se fabriquant des bancs rudimentaires à l'aide de grosses pierres et de morceaux d'écorce qui traînent un peu partout.

— Tout ce qui manque, c'est un feu, dit Ernesto qui distingue à peine les visages de ses copains dans le noir.

— Ouin ! On aurait pu faire griller des guimauves ! s'exclame Karl.

William se rebiffe aussitôt :

— Hé, si moi j'ai été capable d'arrêter de parler de pokémons, penses-tu que tu pourrais arrêter de parler de nourriture, s'il te plaît ?

— OK, fâche-toi pas, je disais ça de même!

— Hé, pas de chicane dans la cabane! gronde Ernesto. De toute façon, c'est probablement interdit de faire un feu ici. Si au moins j'avais amené ma lampe de poche…

Thomas, qui écoute la discussion avec amusement, sort la sienne et l'allume sous son visage.

— Comme celle-là? dit-il d'une voix démoniaque qui va à merveille avec sa grimace.

— *El Chupacabra!* s'écrie Ernesto en simulant la panique. *El Chupacabra!!!*

— *El shupu-craba*? demande Karl. C'est quoi, ça?

Le petit Mexicain, toujours bon comédien, lui saisit fermement les épaules et lance d'un ton aussi grave que dramatique:

— Ne sais-tu pas, *pobre amigo,* ce qu'est le CHU-PA-CA-BRA?

— Euh… non?

— Alors, laissez-moi vous conter une histoire VÉCUE, aussi VRAIE que…

Un silence s'installe tandis qu'Ernesto cherche en vain un exemple adéquat.

— … en tout cas, TRÈS VRAIE!

— Vraie de vraie? demande Karl avec le plus grand sérieux.

— *SÍ!*

Ernesto saisit la lampe de poche de Thomas et la pointe vers son propre visage.

— Ça s'est passé au Mexique quand j'étais encore un *chiquito*. C'était le Cinco de Mayo, la soirée était très chaude et tout le village fêtait. Je me rappelle les feux d'artifice et les énormes *piñatas* que j'étais trop petit pour atteindre avec mon bâton. Il fallait que mon frère me soulève et, même là, je frappais pas assez fort pour les briser. Mais bon, on s'en fout de ça, c'est pas important.

— Ouin, commente William, un suçon dans la bouche, c'est pas tellement épeurant, ton histoire…

— Silence ! Je fais la mise en situation. Bon, alors, comme je disais, tout le monde s'amusait et la fête s'est poursuivie jusqu'à tard dans la nuit. Si tard que la plupart des enfants dormaient dans les bras de leur mère. Mais, moi, je ne dormais pas : j'observais les adultes faire les fous en dansant et en chantant à tue-tête. Un moment donné, une femme est arrivée en criant, elle était complètement hystérique et hurlait : « *El Chupacabra ! El Chupacabra !* » Mon frère m'a pris par la main et on est allés la rejoindre avec tous les autres pour voir ce qui se passait. Elle était couverte de sang et prétendait avoir été attaquée par une créature monstrueuse.

— Le Chupacabra? demande William avec une curiosité soudaine.

Ernesto acquiesce gravement.

— Oui, mais c'est quoi? lance Karl.

Le conteur le fixe avec des yeux sévères et s'approche lentement de lui.

— Le corps couvert de poils noirs, des yeux rouges comme le feu de l'enfer, une bouche remplie de crocs gigantesques et acérés comme des lames!

— Pfft! Ça existe même pas! s'exclame William pour se rassurer.

— Oh vraiment, *amigo*? Alors, comment pourrais-tu expliquer ce qui s'est produit par la suite?

Le sceptique se tait en ravalant sa salive. Thomas prie Ernesto de poursuivre.

— La dame jurait qu'elle disait la vérité et, comme les gens du village étaient très superstitieux, ils l'ont tout de suite crue et la fête s'est terminée. Quand on est rentrés chez nous, nos parents nous ont envoyés nous coucher, Carlos et moi, mais on est restés debout pour les écouter parler. Jamais je n'avais vu ma mère aussi inquiète, et même mon père semblait avoir peur! Pendant toute la nuit, on a entendu des bruits étranges provenant de l'enclos des chèvres, comme des grognements et des petits rires diaboliques…

William et Karl échangent des regards inquiets tandis que Thomas cache son sourire. Le conteur poursuit :

— Puis, le matin, quand ma mère s'est rendue à l'enclos pour nourrir les chèvres, elle a poussé un cri d'horreur qui nous a réveillés brusquement. Vous savez ce qu'on a vu quand on est allés la rejoindre ? Toutes les chèvres avaient été vidées de leur sang par d'énormes trous dans le cou. Une seule bougeait encore, et quand je me suis approché, un pas à la fois, en fixant le derrière de sa tête…

Ernesto marque une pause, se délectant des regards apeurés de ses amis.

— … elle s'est retournée lentement vers moi et puis… BÊÊÊÊÊÊÊÊÊÊÊÊÊ!!!

Ses trois amis sursautent, y compris Thomas qui pourtant s'y attendait. Ernesto leur fait alors un doigt d'honneur et savoure sa réussite en brandissant la lampe de poche comme un sabre laser (une référence au film fétiche de William).

— Maudit, que t'es con ! lui lance ce dernier avec un soulagement visible.

— Oui, un CON-teur qui t'a bien eu !

William l'attaque aussitôt avec son épée en mousse, et les deux mousquetaires échangent des coups en riant.

— À ton tour, Thomas! propose Karl. Je suis sûr que, toi aussi, t'en as une bonne à raconter!

— Je sais pas, il y a rien qui me vient.

— Oh, allez! Tu m'as dit que des fois tu regardes les films d'horreur que ton frère loue, t'as juste à nous faire un résumé du plus épeurant que t'as vu!

— Hum, je peux bien…

Un instant après, alors que Thomas a trouvé son histoire et s'apprête à la raconter à ses amis, des bruits de pas lui font perdre sa concentration.

— Hé, les gars, chuchote-t-il, on dirait que quelqu'un s'en vient! Ernesto, éteins la lampe!

Le garçon obéit et tend l'oreille.

— Qu'est-ce qu'on fait? demande William tout bas.

Thomas lui fait signe de se taire. Alors qu'il devient évident que les pas se rapprochent, les garçons envisagent sérieusement de prendre leurs jambes à leur cou. Ils n'ont cependant pas le temps de passer à l'action : un homme titubant surgit dans la noirceur et s'arrête devant eux.

— BOUH! s'exclame-t-il avant de se mettre à rire. Je vous ai fait peur, hein?

Ernesto rallume la lampe et la pointe en direction de l'inconnu. Ce dernier a tout à fait l'air d'un itinérant et sent l'alcool à plein nez.

— Joyeuse… euh… Halloween! finit-il par dire en s'enfargeant presque dans une racine.

Les quatre amis, encore sous le choc, ne répondent pas. Réalisant, malgré son état d'ébriété avancé, qu'il leur fait réellement peur, l'homme s'excuse par trois fois et s'appuie contre un arbre.

— Vous avez pas une cigarette?

— Euh… on fume pas, lui répond Thomas. Vous devriez pas non plus, c'est mauvais pour la santé.

— T'as ben raison, mon homme. Toé, t'as tout compris. Toé, toé, t'es IN-TEL-LI-GENT!

L'homme s'assoit ensuite par terre et chantonne les yeux fermés.

— Euh… j'pense qu'on va y aller, nous, s'empresse de dire William en implorant ses amis du regard.

— Bonne idée! répond Karl.

Tandis que les mousquetaires s'apprêtent à quitter les lieux, un profond sentiment de pitié envahit le cœur de Thomas.

— Est-ce qu'on peut faire quelque chose pour vous? demande-t-il à l'inconnu.

Ce dernier ouvre les yeux et gratte son crâne dégarni.

— Vous avez pas un p'tit quelque chose à manger?

— Ben, juste des bonbons. À moins que…

Il fouille dans son sac et en sort une belle pomme rouge.

— Tiens, monsieur, il y a une dame qui donnait des fruits.

Ernesto, inspiré par le geste de son ami, offre aussi la sienne. Quelques instants plus tard, l'itinérant a devant lui un repas composé de deux pommes, de deux oranges, de trois sacs de croustilles et de quelques friandises. Visiblement touché, il remercie sincèrement ses bienfaiteurs et se met à dévorer les aliments comme s'il n'avait pas mangé depuis des jours.

Alors que les garçons s'éloignent de l'étrange individu, Thomas ne peut s'empêcher d'y repenser et se retourne plusieurs fois dans sa direction. Est-il toujours aussi seul? N'a-t-il pas de parents ou d'amis pour l'accueillir et le réconforter? S'il ne possède pas de logement, que fera-t-il cet hiver lorsque la température chutera considérablement? Sa pensée la plus triste: s'il a eu lui-même l'impression de toucher le fond du baril au début de l'année scolaire, sa jeunesse et son potentiel lui permettaient quand même tous les espoirs; mais qu'en est-il des gens qui ont leurs meilleures années derrière eux et pour qui les portes se sont refermées de façon permanente? Un grand frisson lui parcourt le corps. Ernesto remarque son air préoccupé.

— Ça va, Thomas ?

— Euh… oui. J'ai juste… j'ai trouvé ça un peu triste, c'est tout.

— Il y en a beaucoup au centre-ville et, à part pour le froid, ils sont mieux traités que ceux de mon pays, crois-moi.

— Si tu le dis…

— Mais je te comprends, *amigo*. Il y a rien de drôle là-dedans.

Après avoir raccompagné les couche-tôt à leurs domiciles respectifs, Thomas se rend, avec son meilleur ami, à l'endroit où Annick lui a donné rendez-vous. Tandis qu'ils attendent, assis dans la lumière d'un lampadaire, Ernesto se charge de lui changer les idées en lui racontant d'autres mythes et légendes du Mexique. Thomas retrouve vite sa bonne humeur, plus qu'heureux à l'idée de passer le reste de la soirée en compagnie de la séduisante vampire.

QUATRE

Lorsque la voix d'Annick, légèrement rauque mais tout à fait mélodieuse, lui parvient aux oreilles, Thomas prend une grande inspiration, puis essaie de se décontracter. Son changement d'attitude est aussitôt remarqué par Ernesto qui ne peut s'empêcher de le commenter, amusé :

— Je pourrais être sourd et, juste à te regarder, je saurais qu'elle s'en vient. Et tu veux me faire croire que t'es pas amoureux…

— Chut ! On s'en reparlera une autre fois ! répond Thomas d'un ton impatient.

Ernesto hausse les épaules et recule d'un pas pour laisser Thomas accueillir son « amie ». Comme prévu, celle-ci est accompagnée de Julie.

— Bonsoir, les gars, lance-t-elle avec un sourire radieux. La chasse a été bonne pour vous ?

— On peut dire ça, répond Thomas avant de recevoir un baiser sur chaque joue, et ce, de la part des DEUX filles !

Voilà un nouveau rituel social qu'il n'aura aucune difficulté à adopter. Il en va de même pour Ernesto qui, à en juger par son immense sourire, semble fortement apprécier la chose.

— Bon, bien… on marche? demande Annick en constatant le léger malaise qui s'est installé.

Thomas acquiesce.

— Où est-ce qu'on va?

Julie leur propose de se rendre à une maison transformée chaque année en château hanté. Selon les dires de quelques connaissances croisées en chemin, le décor s'est grandement amélioré et, cette année, les propriétaires ont fait appel à des acteurs pour terroriser les visiteurs. L'offre est immédiatement acceptée et la joie qu'ils éprouvent à l'idée d'aller là ressemble à celle des Halloweens de leur tendre enfance, à la fois si proche et déjà si lointaine.

Dès qu'ils commencent à entendre la musique et les cris provenant de la maison, leurs attentes grimpent en flèche. C'est à se demander si les voisins du château hanté ne s'arrachent pas les cheveux, tellement le bruit est fort. Même les lumières colorées du décor se démarquent au-dessus des toits, comme ces feux d'artifice que certains allument en été et que les gens du voisinage peuvent voir de leur propre cour. Les jeunes accélèrent le pas pour arriver plus vite à destination et aperçoivent, devant la maison hantée, une foule impressionnante.

— Wow, sérieux ? s'exclame Thomas. C'est trop mon rêve de faire ça chez nous... en permanence !

— Si tu le fais, j'emménage chez toi demain matin ! blague Annick en gardant les yeux rivés sur le spectacle.

Thomas se retourne et observe l'émerveillement authentique de la demoiselle, se plaisant énormément à l'imaginer vivant à ses côtés.

— T'es la bienvenue n'importe quand, lui répond-il avec une touche de sérieux, mais sa voix se perd parmi les cris des enfants (et de certains adultes aux nerfs sensibles).

Les moyens déployés par les propriétaires pour transformer leur demeure en véritable attraction sont époustouflants, d'autant plus que la durée de vie de cette œuvre est d'une seule et unique semaine dans l'année ! Une façade entière, imitant la pierre, a été érigée devant la maison, rappelant les décors des premiers films hollywoodiens. Des visages fantomatiques et de petites créatures surgissent de manière aléatoire dans chacune des fenêtres, récompensant les plus fins observateurs, tandis que des acteurs costumés se promènent parmi le public pour créer la surprise et semer la peur, au plus grand plaisir de Thomas et de ses amis. Le terrain gazonné est recouvert non seulement de pierres tombales, mais aussi de quelques mécanismes qui animent des zombies automatisés plutôt réalistes. Bref, c'est la totale.

— Hum… qu'est-ce qu'on attend pour y aller? demande Julie.

Les quatre jeunes se fraient alors un chemin parmi la foule et entament le court mais intense parcours. Dans quelques années, Thomas repensera sans doute à ce moment avec nostalgie. Non pas à cause du bourreau et de sa grosse hache ensanglantée, ni de la mariée démoniaque et de ses cris stridents. Non. Il y repensera parce que ça aura été le moment où, sans même le regarder, Annick aura pris sa main dans la sienne et l'aura serrée très fort. Il n'en faut parfois pas plus, vraiment.

Alors qu'il commence à se faire tard et que la plupart des maisons éteignent leurs citrouilles, Julie quitte le groupe au coin de sa rue, puis le trio se dirige vers le quartier du collège. Après avoir reconduit Ernesto devant son immeuble, D'Artagnan et la Reine des damnés se retrouvent enfin seuls et marchent un moment en silence.

— Alors, finit par dire Thomas, est-ce que maintenant ça serait un bon moment?

Le cœur de la jeune fille se met en mode turbo.

— Euh… c'est toi qui le sais, je…

— Ben… en fait, c'est toi qui as dit que tu me raconterais l'histoire du médaillon.

— Oh, ça ! fait Annick avec un mélange de soulagement et de déception. Oui, je peux bien.

— Tu peux ou tu veux ?

L'adolescente hésite.

— Je veux.

Sa mélancolie, accentuée par son sinistre costume, dégage une beauté particulière qui touche profondément Thomas. Il se sent d'ailleurs coupable de l'admirer ainsi dans un moment qui semble pour elle aussi douloureux qu'intime.

Annick pousse un long soupir.

— Par où commencer ?

Alors qu'elle regarde dans le vide, cherchant des mots difficiles à prononcer, Thomas prend les devants :

— En passant, c'est quoi, son nom ?

— David.

— Vous vous êtes connus comment ?

La question transporte Annick à une époque dont le souvenir la fait aussitôt sourire.

— On se connaissait depuis toujours. C'était le fils du meilleur ami de mon père, et on était nés à quelques mois de différence.

— Ah, ça, c'est cool. Ça facilite les choses, en tout cas.

— Oui, c'est vrai. Nos pères étaient inséparables, alors automatiquement nous aussi. On disait toujours qu'on allait se marier ensemble plus tard. C'est drôle comment on voit les choses quand on est petit.

— Moi, je voulais marier ma mère, t'imagines ?

— C'est normal…

— Normal mais dégueu !

— J'avoue. En tout cas, les beaux souvenirs entre lui pis moi sont trop nombreux pour que je les raconte tous, je pourrais écrire un roman au complet juste à parler de nos aventures. On habitait dans un endroit parfait pour ça en plus : la campagne, c'est trop l'idéal pour élever de jeunes enfants.

— Il est mort, hein ? demande subitement Thomas.

Annick s'arrête et le regarde sans expression aucune, puis elle acquiesce et se met à marcher de nouveau.

— Excuse-moi, c'est juste que je le sentais, mais c'était comme pas clair.

— C'est correct.

— Qu'est-ce qui est arrivé ?

— La fin du monde. À l'époque, en tout cas…

L'adolescente applique un peu de baume sur ses lèvres et poursuit :

— T'as déjà connu la mort d'un ami ou de quelqu'un de jeune que tu connaissais ?

— Non.

— C'est comme impensable, on dirait que ça peut pas arriver. Déjà que la mort, ç'a pas trop de sens pour un enfant, quand c'est quelqu'un de ton âge qui part, c'est vraiment terrible. Je l'aimais tellement en plus! Tu sais c'est quoi, le pire? C'est arrivé pendant une super belle journée ensoleillée, genre parfaite. Laisse-moi te dire que j'ai plus jamais vu le soleil de la même manière, après ça... en tout cas pas pour un maudit bon bout...

— Comment il est mort?

— Un accident de motoneige. Moi, j'étais avec mon père, pis lui avec le sien. Disons que les deux amis avaient pratiquement grandi sur des engins à moteur, alors c'était comme une seconde nature pour eux, pis ça les rendait un peu insouciants, des fois. Nos mères avaient généralement assez confiance en leurs capacités pour pas s'inquiéter, mais cette journée-là, c'était différent.

— Comment ça?

— Ma mère les avait avertis qu'un voisin avait failli tomber dans le lac en allant marcher, à cause de la glace qui était fragile. Elle a même appelé la mère de David pour lui dire de demander à son mari de pas prendre la piste qui traversait le lac. Il a dit qu'il le ferait pas, mais, une fois sur place, mon père, avec sa foutue tête de cochon, a fini par le convaincre d'y aller quand même. Pour faire une histoire courte, David et son père se sont noyés quand on a traversé le lac pis que la glace en dessous d'eux s'est brisée.

Bouche bée, Thomas se contente de fixer le trottoir.

— Alors, voilà pourquoi mon père est alcoolique, qu'on vit plus avec lui, pis que je t'ai donné le médaillon aujourd'hui. T'en fais pas, David le portait pas quand il est mort. Ça ferait bizarre. Pis c'est ça qui est ça, j'ai plus vraiment envie d'en parler…

S'il en avait le courage, Thomas prendrait son amie dans ses bras et la serrerait très fort. Il ferait peut-être même ensuite comme dans ces films romantiques où les protagonistes s'embrassent après ce genre de révélation intime. Mais ses douze ans, ainsi que la peur du rejet, empêchent ses membres d'agir et il maintient le cap vers l'immeuble d'Annick. Il est loin de se douter que cette dernière souhaitait secrètement l'autre option, se rapprochant subtilement de lui pour que son bras frôle le sien…

Comme sa mère est plutôt ferme quant à l'heure où il doit rentrer et malgré le fait qu'Annick et lui aimeraient prolonger la soirée, Thomas se voit forcé d'appeler le taxi paternel. Disposant tout de même d'une vingtaine de minutes, les deux amis regardent, en compagnie de la mère d'Annick, la fameuse vidéo.

— Mon Dieu! s'exclame Myriam. C'est donc bien beau!

Elle frotte affectueusement le dos de Thomas comme s'il s'agissait de son propre fils.

— J'en reviens pas, que vous ayez réussi à faire ça. C'est tellement bien fait! C'est professionnel, c'est… Ah! Bravo, Thomas, bravo!

Le garçon sourit, un peu gêné par l'intensité de la dame. Annick est, malgré son silence, clairement impressionnée.

— Est-ce que t'as aimé ça? lui demande-t-il pour s'en assurer.

Tandis qu'elle hoche affirmativement la tête, son expression change du tout au tout et des larmes se mettent à couler le long de ses joues. Myriam la serre aussitôt dans ses bras.

— Oh, ma chouette! Qu'est-ce qui se passe?

Mais Annick ne répond pas. Elle se blottit contre sa mère et lève les yeux vers son ami qui ne comprend plus rien.

— T'es fatiguée toi, lui dit doucement Myriam en essuyant ses larmes. Ça va te faire du bien d'aller dormir.

Lorsque le klaxon familier de la Volvo retentit, Thomas ramasse ses affaires et souhaite à

Annick et à sa mère une bonne fin de soirée. Curieusement, son amie ne trouve même pas l'énergie nécessaire pour le reconduire à la porte et se réfugie plutôt dans sa chambre. Avant que Thomas ne s'engage dans l'escalier, Myriam le rassure :

— Sois pas inquiet, je suis sûre et certaine que ça n'a pas rapport avec toi. Elle est très émotive, ma fille, même si elle fait sa dure. Tu vas voir, demain à l'école, elle va être comme neuve !

— OK.

— T'es un bon garçon, Thomas, tu le sais, ça ?

— Pas toujours, se contente-t-il de répondre.

Puis il rejoint son père qui l'attend devant le bâtiment. Xavier envoie la main à Myriam lorsqu'il l'aperçoit à la fenêtre.

— Pas mal mignonne, la maman ! dit-il à son fils qui monte dans la voiture.

— Sa fille aussi, répond Thomas.

Sur la route, après lui avoir raconté en détail sa journée, il pose une question qui fait bien rigoler son père :

— Est-ce qu'elles sont toujours compliquées, les filles ?

— Haha ! T'es pas au bout de tes peines, mon homme ! T'es pas au bout de tes peines…

CINQ

S'il existe un moyen plus efficace que le café pour se donner un peu de pep le matin, c'est bien de constater que son œuvre a déjà été regardée par des centaines de personnes.

— T'as vu ça, Freddy? demande Thomas au chaton qui ronronne intensément sur son épaule. Déjà quatre cent trente vues: papa va devenir célèbre…

Quand son regard croise celui de l'animal, dont les yeux et les oreilles sont encore adorablement disproportionnés par rapport au reste de son corps, il ne peut s'empêcher de prendre une voix infantile.

— Oui, c'est moi maintenant, ton papa, ton papa humain! Parce que, l'autre, il s'est poussé, oui, oui, il t'a a-ban-don-né!

Thomas attrape alors la minuscule bête par la peau du coup, ce dont elle raffole.

— Il est tout mignon, le minou! Il est mignon, le petit minouchki à son papa avec sa drôle de tronche!

— T'es ridicule ! lance Charles, le grand frère de Thomas, en lui dérobant Freddy. Pis tiens-le pas de même, tu peux y faire mal.

— Hé, redonne-moi mon chat !

— Hein, petit minou ? Il est ridicule, le Thomas ? En plus, il te maltraite…

— Tu t'es pas écouté, ducon ? Tu lui parles quasiment de la même manière que moi ! Pis en passant, leurs mères les tiennent comme ça quand ils sont bébés. Tu sais pas pantoute de quoi tu parles !

Thomas reprend l'animal.

— C'est MON chat !

— Ben oui, on le sait, pas besoin de t'énerver, ma belle. Qu'est-ce que tu regardais comme ça ?

— Mon film.

— Ah, c'est le fun…

Le jeune homme quitte la pièce aussi vite qu'il y est entré. De tous les gens qui ont regardé la vidéo, Charles est celui qui a montré le moins d'enthousiasme, et bien que Thomas s'y soit attendu, cela n'a malheureusement diminué en rien sa déception.

— T'es juste jaloux ! crie celui-ci à son frère avant qu'il ne disparaisse au sous-sol, n'obtenant qu'un rire en guise de réponse.

Au collège, à l'heure du dîner, le succès de la vidéo est encore sur les lèvres des quatre amis.

Une certaine notoriété commence déjà à les suivre : un nombre croissant de parfaits inconnus les saluent sur leur passage. Savourant cette nouvelle célébrité, William a passé deux heures entières hier soir à rafraîchir la page YouTube, accroché au nombre de vues, qui n'a cessé d'augmenter.

— Moi, je dis que ça va dépasser mille ce soir, déclare-t-il fièrement en se donnant un air d'analyste sérieux. Regardez ben ça !

Les yeux de Karl s'illuminent.

— Moi, il se passait jamais rien sur mon Facebook, mais là y a plein de monde qui met des commentaires sur ma page. En plus, mes parents sont super contents : ils disent que ça nous fait de la publicité. Ils ont même ouvert un compte pour le restaurant.

Ernesto, qui lui ne possède pas encore de page Facebook, se réjouit néanmoins des retombées positives de l'événement.

— Je crois que ça impressionne vraiment les gens, dit-il, surtout les jeunes. Ils ne sont pas habitués à voir des personnes âgées faire des choses comme ça. Et puis, je ne veux pas m'envoyer de fleurs, mais… les caméramans ont bien fait leur travail ! Les gros plans surtout…

Il tire sur des bretelles imaginaires.

— Pis toi, Thomas, demande William, tu dis pas grand-chose pour celui qui a lancé toute l'affaire. T'en penses quoi ?

Thomas, ayant constaté l'absence d'Annick, est quelque peu préoccupé et ne suit plus la conversation.

— Je pense quoi de quoi?

— Ben, je sais pas… de la réaction des gens.

— Ah… euh… c'est le fun.

— C'est tout ce que ça te fait?

— Ben… c'est cool aussi, ajoute Thomas sans enthousiasme.

En réalité, il repense souvent au bonheur de sa grand-mère et il ressent une certaine fierté d'être devenu la coqueluche de toutes ses amies à la résidence. Mais, devant son manque flagrant d'entrain, ses amis échangent un regard étonné, mais ne poussent pas la chose plus loin. Ernesto croque dans sa pomme et mâche avec la satisfaction d'un gagnant du gros lot.

— En tout cas! Notre vie ici est sur le point de s'améliorer, *muchachos*!

Il salue un groupe de filles assises en face et, comme de fait, toutes sans exception lui renvoient la politesse.

— Vous avez vu ça? Le charme de monsieur Ramirez: absolument irrésistible.

En voyant Julie, la meilleure amie d'Annick, quitter sa table et se diriger vers les cases, Thomas se lève et part aussitôt la rejoindre.

— Julie ! Attends !

— Ah, salut. Ça va ?

— Oui, pas pire. As-tu vu Annick aujourd'hui ?

— Non, elle est pas là.

— Est-ce que tu sais pourquoi ?

— Non, on s'est pas reparlé depuis hier soir. Vous avez fait quoi, après ?

— Pas grand-chose, on a juste jasé un peu en marchant.

— C'était malade, la maison hantée, hein ? J'y ai rêvé toute la nuit !

— Oui, j'ai ben aimé ça. Écoute, est-ce qu'il y a quelque chose qui tracasse Annick, ces temps-ci ? Genre, elle a comme pleuré avant que je parte. Elle m'avait raconté quelque chose de triste juste avant mais, comme ça fait des années que c'est arrivé, je sais pas si ç'a rapport.

— L'affaire de son meilleur ami ?

— Oui.

— Ben, c'est sûr que ça l'affecte encore, mais je ne pense pas que ce soit ça. Mais, Annick, elle est bizarre des fois, faut pas que tu t'en fasses.

— Dans quel sens, « bizarre » ?

— Ben, elle pense à pas mal de choses… Des fois, j'ai de la misère à la suivre. Je sais pas, c'est comme trop compliqué dans sa tête, elle sort des affaires à quoi j'aime pas trop penser.

— Hum… OK…

— Ben là, je dis pas ça en mal, je l'adore, mon amie !

— Oh non ! Je sais ce que tu veux dire, inquiète-toi pas !

— Cool. Ben, à plus !

— À plus !

La jeune fille poursuit son chemin tandis que Thomas reste planté là quelques instants. Il aimerait bien sortir prendre l'air, mais dehors la pluie tombe à seaux.

Voulant éviter ses camarades, le garçon se met à errer dans le collège, plongé dans ses pensées, mais observant en même temps les mœurs étudiantes. Il descend aux cases, marche jusqu'à l'autre bout de l'immeuble, puis monte aux étages où les élèves du deuxième cycle sont en cours. Évidemment, de telles flâneries sont strictement interdites, mais le règlement échappe présentement à son esprit lunatique. Alors que Thomas décide finalement de se rendre à la bibliothèque pour y passer le reste de la période, la voix du directeur le ramène brutalement sur terre :

— Monsieur Hardy ! Vous êtes encore perdu, je suppose ?

— Euh… non.

— Il est interdit de se promener dans les corridors durant les heures de cours, mais j'imagine que vous ne le saviez pas, hein? L'ignorance n'est pas un motif valable pour briser un règlement! Ni ici ni ailleurs!

Thomas soupire impatiemment.

— Je m'en allais à la bibliothèque.

— Ah bon? Méchant détour! Ça fait deux étages que je vous suis. Je suppose que je dois avoir besoin de nouvelles lunettes, c'est ça?

— Non, vous avez juste besoin d'arrêter d'imaginer pis de supposer, marmonne le garçon en attachant son lacet.

— Pardon?

— J'ai dit: «Non, vous avez raison de m'arrêter, je suis pas censé circuler.»

Monsieur Sigouin s'approche et prend une pose intimidante.

— Peut-être que votre petit succès d'hier vous est monté à la tête?

— C'est quoi, le rapport?

— Je ne suis pas une grande vedette comme vous, moi, je ne pourrais pas comprendre…

Dépassé par l'absurdité de ces propos, Thomas ne peut s'empêcher de sourire, ce qui, bien sûr, met le directeur encore plus en colère.

— En passant, c'est une belle affaire de se moquer des personnes âgées! Pensez-vous que je n'ai pas compris ce que laisse entendre votre film?

— Me moquer ? Je me suis moqué de personne, moi ! Pourquoi vous dites ça ?

— Voyons donc ! Maquiller de pauvres vieillards en bêtes de foire pour les faire danser comme des singes ! C'est une atteinte à la dignité !

— Bah ! Si vous le dites, monsieur.

— Et puis, on ne réussit pas une vie en s'amusant comme des enfants sans cervelle ! Maturité, discipline, efforts soutenus…

— Alouette !

La mâchoire de monsieur Sigouin se resserre dangereusement.

— Bon, ça va faire là ! On va régler ça une fois pour toutes !

Le directeur tente de saisir Thomas par le bras, mais celui-ci se dégage aussitôt.

— Touche-moi pas !

— En bas ! Dans mon bureau ! Tout de suite !

Rouge de colère, Thomas obéit néanmoins et descend rapidement les escaliers, suivi de trop près par un homme qui a visiblement perdu les pédales.

Selon le scénario qu'aurait pu élaborer l'esprit tordu de monsieur Sigouin, les parents de Thomas seraient tous les deux entrés dans son bureau pour écouter sa version des faits ; ils auraient bu ses paroles comme s'il s'agissait de celles du Christ en personne et se seraient excusés du comportement de leur délinquant de fils en promettant de remédier à la situation dans les plus brefs délais. Puis, le regard rempli de déception, ils seraient ensuite rentrés chez eux afin de discipliner le vaurien par tous les moyens.

Pourtant, au plus grand désarroi du directeur, la scène s'est en réalité déroulée d'une tout autre façon. Premièrement, seul Xavier s'est présenté, plus qu'irrité de voir sa sieste interrompue pour une raison aussi incompréhensible. Deuxièmement, Thomas a pu raconter sa propre version des événements, convaincu que son père allait savoir faire la part des choses.

Lorsque Xavier lui demande finalement de sortir du bureau pour s'entretenir en tête à tête avec monsieur Sigouin, le garçon comprend, à l'intensité de son regard, que la conversation (ou plutôt le monologue) qui va suivre risque d'être fort intéressante. Malheureusement pour lui, les murs sont bien isolés.

— Monsieur Hardy, je vous assure que…

— Bon, écoutez-moi bien. Laissez-moi d'abord vous dire que vos commentaires sur le film de mon garçon sont absolument inacceptables! Avez-vous vu la même vidéo que moi? Je me le demande sérieusement, parce qu'insinuer que mon fils a voulu manquer de respect envers les personnes âgées est complètement RI-DI-CU-LE! Saviez-vous que l'idée lui est d'abord venue pour faire plaisir à sa grand-mère qui, en passant, vient d'apprendre qu'elle a la maladie d'Alzheimer?

— Euh…

— Saviez-vous que le projet a d'abord été soumis aux résidants, des adultes qui n'ont besoin de la permission de personne, et que la grande majorité d'entre eux a choisi d'y participer?

— Euh… mons…

— Saviez-vous que, depuis cet événement, ma femme entend constamment des commentaires positifs des gens, tant de la part des résidants que de leurs enfants?

— Monsi…

— Que des intervenants du centre ont même remarqué des changements positifs dans le comportement de certains participants? Tout ça grâce à l'initiative et à la bonne volonté de Thomas et de ses amis! Et vous avez le culot de lui prêter des mauvaises intentions? Est-ce que je rêve ou quoi?

Le triste personnage fond littéralement sur son siège.

— Bien sûr. Vous avez entièrement raison. Toutes mes excuses pour ce malentendu. Cela ne se reproduira plus.

Le corps de Xavier se décontracte et son expression change aussitôt.

— Parfait. Je vous souhaite une excellente fin de journée, monsieur.

Après avoir entendu, malgré l'épaisseur des murs, la voix de son père monter de quelques crans durant la discussion, Thomas n'est pas particulièrement surpris lorsque le directeur lui adresse son plus beau sourire en sortant du bureau. Message reçu, semble-t-il.

SIX

Dès qu'il met les pieds dans la voiture, Thomas demande à son père de lui faire un résumé de sa rencontre avec le directeur.

— Ce n'est pas important ce que j'ai dit, lui répond Xavier. Tout ce qui compte, c'est que le bonhomme te laisse tranquille.

— Pourquoi il me déteste?

— Je pense qu'il doit détester pas mal de monde, celui-là. C'est pas normal d'être aussi…

— Con?

— Oui, con. Mais tu sais quoi? J'ai pitié de lui, au fond.

— Comment ça? Pourquoi tu as pitié?

— Parce que, justement, c'est un pauvre type et un homme malheureux. Toi, tu as juste douze ans, c'est normal que tu sois impressionné par les adultes qui sont en position d'autorité par rapport à toi. Mais dis-toi que, de MA perspective, monsieur Sigouin, c'est… c'est un ti-coune. Un ti-coune à qui tu dois le respect, en tout temps et sans exception, mais un ti-coune quand même !

En voyant le regard amusé de Thomas, Xavier laisse échapper un petit rire.

— Bon, je te dis ça, mais ce n'est pas pour être méchant. C'est juste qu'il se donne un air tellement important, assis sur son statut de directeur dans une chaise trop large pour lui. Par contre, dès qu'il se trouve devant un adulte sur qui il n'a aucun pouvoir, il perd tous ses moyens comme s'il retournait en enfance. C'est triste. Moi, quand je vois des gens comme ça, j'ai juste envie de leur faire un gros câlin et de leur dire que tout va bien aller… Sauf s'ils s'en prennent à mes enfants : là, on a un problème.

— Mais pourquoi il est comme ça, tu penses ?

— Qui sait ? Peut-être qu'il a eu une éducation ultra stricte, ce qui fait qu'il n'est pas capable d'accepter que la jeunesse d'aujourd'hui soit plus… libérée, si on veut. Peut-être qu'il est juste mal dans sa peau et qu'il envie ton côté extraverti. Et son bichon maltais dans le petit cadre en forme de cœur, franchement…

Thomas éclate de rire.

— Je savais que tu l'aimerais !

C'est au tour de Xavier de rigoler.

— Mais comprends-moi bien, Thomas, ça ne veut pas dire pour autant que tu dois faire abstraction des règlements. Si c'est interdit de te promener à certains endroits dans le collège, abstiens-toi de le faire. Là-dessus, il n'a pas tort : les règles existent souvent pour une bonne raison et elles s'appliquent à tout le monde. Dans ce cas-ci, j'ai trouvé qu'il y avait acharnement de sa part, mais je ne vais pas automatiquement prendre pour toi si jamais tu es encore pris la main dans le sac, OK ?

Thomas acquiesce.

— Merci, *pops*, je savais que je pouvais compter sur toi.

— Ça fait plaisir. Ça valait le déplacement en fin de compte, j'avoue que ça m'a fait du bien, de sortir un peu de fiel.

— C'est quoi, du « fiel » ?

— Au sens propre, c'est de la bile mais, au sens figuré, ce mot désigne du ressentiment, de l'amertume. Disons que ça m'arrive d'avoir envie de faire la même chose avec certains clients difficiles, mais comme je veux continuer à mettre de la nourriture sur la table, je dois m'en abstenir.

— En passant, comment tu sais que c'est un bichon maltais, le chien du directeur ?

— Fils, quand ton regard rencontre celui d'une bête aussi féroce et maléfique que le bichon maltais, il reste gravé dans ta mémoire à jamais.

Thomas regarde son père d'un air perplexe.

— Je plaisante ! Ta mère en avait un quand je l'ai rencontrée.

— Maman avait un chien et elle avait choisi cette chose ?

— Pas pour longtemps, mais oui.

— Qu'est-ce qui est arrivé ?

— Eh bien, je l'ai… euh… un peu… écrasé avec ma voiture en reculant.

— Pour vrai ? Ouch ! Pis elle t'a pardonné ?

— Hum, pas exactement. Disons que… le rapport de l'événement que je lui ai fait à l'époque était un peu différent de la réalité.

— T'es sérieux là ?

— Je suis très sérieux ! Pas un mot, hein ?

— Ben non, inquiète-toi pas.

— À bien y penser, je trouve que tu commences à en savoir un peu trop sur moi, d'un coup que tu voudrais me faire du chantage un jour…

Thomas lui lance un regard malicieux.

— Ah ben, mon p'tit maudit !

Et puis, ils rigolent tous les deux pour le restant du trajet.

La première chose que Thomas fait en rentrant est de vérifier sa chaîne YouTube : sept cent seize vues. À part quelques imbéciles se cachant derrière l'anonymat de leur pseudonyme, presque tous les commentaires sont extrêmement encourageants (bien que rédigés dans un français lamentable) :

*OMG ! j'men vo montré ca a mes vieu ! y vont capoter
ben raide*
surferboi il y a 2 minutes

lololloll, vous etes malades les gars, trop frais ! !
mamzelle21 il y a 35 minutes

*moi je tripe trop sur la p'tite mamie ak la makillage
tout efouaré ! est trop motivé lol*
dvgv777 il y a 1 heure

*FOOOUUUU ! ! ! checkez ben à 3:09, cest Micheal
Jackson réincarné… sérieux ! !*
ram_damn il y a 1 heure

*Thomas té un GÉNIE ! j'veux t'marier ! STP STP STP !
VEGAS BÉBÉ ! ! ! ! ! !*
baby_gurl15 il y a 3 heures

Après avoir lu la centaine de commentaires,
Thomas hésite à répondre. Autant il jubile devant
l'intérêt des internautes, autant cette nouvelle
cybercélébrité l'effraie. Il décide finalement
d'aller flâner dans son compte Facebook où les
interactions sont familières et à plus petite
échelle. Malgré tout, une quarantaine de
personnes (dont la plupart lui sont inconnues)
demandent à devenir ses amis, et plein de

commentaires ont été ajoutés au bas de sa vidéo. Bien que cela soit très flatteur, c'est le court message d'Annick dans sa boîte de messagerie qui capte toute son attention : *Appelle-moi ! xx*. Inutile de dire que le garçon ne se fait pas prier.

— Allô ?

— Annick !

— Thomas !

— Ça va mieux ?

— Oui, excuse-moi pour hier. Ma mère avait raison, j'étais fatiguée.

— C'est pour ça que t'es pas venue à l'école aujourd'hui ?

— Euh… ouin. Mais, là, tout va bien.

— Cool ! Tu voulais me parler ?

— Oui, j'ai quelque chose à te proposer.

— Comme quoi ?

— Une aventure ! Comme celle que t'as eue avec Ernesto, mais là, au lieu d'aller vers le sud, on va monter dans le Nord ! Ça fait longtemps que je suis pas retournée dans mon ancien coin, j'en profiterais pour te faire visiter un peu. Qu'est-ce que t'en penses ?

— J'en pense que ça me tente ! Quand est-ce que tu veux y aller ?

— En fin de semaine, s'il fait beau. Est-ce que t'es libre ?

— Hum… laisse-moi consulter mon agenda super rempli… Hum… voyons voir… J'ai une p'tite place !

— Yé !

— Faut juste que je demande à mes parents cette fois-ci, mais je crois pas qu'il va y avoir de problème. Est-ce qu'on va chez ton père ?

Silence au bout du fil.

— Allô ?

— Euh… peut-être. Je sais pas encore.

— Mais je leur dis quoi, à mes parents ?

— Dis-leur que oui, si ça peut les rassurer.

— Bon. Mais sinon on fait juste un aller-retour ou quoi ?

— On verra. C'est une aventure après tout, tu m'as dit toi-même que ce qui avait été chouette à Farnham, c'est que vous saviez pas trop ce qui allait se passer…

— Oui, c'est juste qu'il commence à faire noir de bonne heure, et c'est plus froid aussi…

Encore le silence au bout du fil.

— Annick ?

— Il faut qu'on y aille, Thomas, il faut que je sorte d'ici.

La gravité dans sa voix n'échappe pas au garçon.

— OK.

Après leur conversation, Thomas lève les bras bien haut et garde la pose pendant presque trente secondes. Une journée entière seul avec Annick ? « *YESSSSSS !* » Le scénario qu'il imagine est glorieux : voilà du matériel avec lequel rêvasser pour le reste de la semaine !

— T'es de bonne humeur, toi ! lui dit sa mère en le regardant se trémousser.

— Oui, aujourd'hui c'est une bonne journée !

— Justement, raconte-moi donc ce qui s'est passé avec ton directeur. Ton père m'en a glissé quelques mots, mais j'aimerais bien entendre l'histoire de ta bouche.

Thomas prend la voix d'un habitant :

— Ben, sers-toé une bonne tasse de thé pis assis ton derrière comme y faut, ma p'tite madame. M'en vas te conter ça, moé, c't'histoère-là !

Avec de grands gestes comiques et sans épargner aucun détail, il joue la scène devant Diane en prenant soin d'incarner chaque personnage. Cette dernière, à la fois scandalisée par ce que son fils lui raconte et amusée par ses simagrées, n'en revient tout simplement pas.

— Ah ! Si j'avais été là ! Il aurait vu de quel bois je me chauffe !

— Coudonc, si j'avais su que vous réagiriez de manière aussi forte, je vous aurais raconté plus tôt qu'il m'a déjà frappé...

— QUOI?

— Je te niaise, *mom*, relaxe.

— Franchement! C'est pas des blagues à faire, surtout pas en ce moment!

— Bon, est-ce que tu te calmes, là? T'es toute rouge.

— Pourquoi t'es rouge, maman? demande la petite Jasmine en arrivant dans la pièce.

— Parce qu'elle est en colère, répond Thomas.

— Pourquoi?

— Parce que TU AS ÉTÉ TRÈS TANNANTE! hurle-t-il en se ruant vers elle.

Frère et sœur se pourchassent alors partout dans la maison, au grand plaisir de leur mère qui les voit trop rarement s'amuser ensemble.

Vers neuf heures, la prédiction de William se réalise: le nombre de vues, sur YouTube, dépasse le cap des mille. Le garçon écrit d'ailleurs aussitôt un message à ses trois amis pour leur rappeler sa clairvoyance (et se féliciter lui-même). Alors qu'il s'apprête à lui répondre, Thomas reçoit, contre toute attente, un courriel d'Olivier. Celui-ci le félicite pour son initiative et lui propose de le revoir « un de ces quatre ». Thomas change aussitôt l'adresse du destinataire et répond à Olivier.

Sujet : Re : T'as fait ma journée…
De : Thomas Hardy 01/11/11
À : olive_evil@hotmail.com

Salut mec ! Merci pour tes bons mots. Super apprécié venant de toi. C'est sûr que ça me tente qu'on fasse de quoi ensemble ! C'est pas obligé d'être trop prévu à l'avance : si je me rappelle bien, on n'habite pas très loin l'un de l'autre… ;)

À+

P.-S. Dis salut à Francine de ma part !

Même s'il s'est permis quelques fantasmes de gloire un mois auparavant, jamais le jeune Hardy n'aurait pu imaginer les retombées de son projet. La quantité phénoménale de commentaires, de vive voix ou sur Internet, est étourdissante. Et voilà qu'en plus, sa vidéo a donné à Olivier une bonne raison de reprendre contact avec lui !

— C'est pas un hasard que tu sois arrivé dans ma vie à ce moment-ci, mon Freddy, dit-il au chaton qui ronronne sur son épaule droite.

Thomas ferme l'écran et va souhaiter une bonne nuit à ses parents. Il s'emmitoufle ensuite sous ses couvertures avec son compagnon.

— Fais de beaux rêves, « mon plus beau cadeau à vie ».

Le minet, les yeux fermés depuis un moment, a pris de l'avance.

SEPT

Bien que l'attente du « plan Nord » rende les jours plus longs, le reste de la semaine se déroule sans anicroche. Monsieur Sigouin semble tout à coup « adorer » Thomas et, même si celui-ci n'est pas dupe, il apprécie grandement le fait de ne pas voir le directeur scruter ses moindres gestes à la loupe. La perspective de rencontrer chaque jour Annick rend aussi l'école plus attirante, sans compter le statut privilégié dont ses amis et lui jouissent à présent. En effet, les élèves du collège, même les plus vieux, font désormais tout ce qu'ils peuvent pour compter un des quatre garçons parmi leurs amis. Thomas s'est d'ailleurs demandé si leur réaction aurait été la même s'il avait fait une vidéo de cascades, d'idioties ou de hamburgers géants frits au bacon et au Nutella. Quoi qu'il en soit, il est très fier de son choix.

Sans grande surprise, c'est William qui semble profiter le plus de la situation. De zéro à super-héros, il participe davantage que les autres aux échanges sur Internet. Si ses copains commencent déjà à décrocher de leur succès et changent souvent de sujet de conversation (à sa grande déception) lorsqu'il ramène celui-là sur la table, William reste constamment à l'affût des commentaires qui s'ajoutent par douzaine quotidiennement. Bien qu'il ne soit jamais à court d'idées, il attend néanmoins le jour où Thomas proposera un autre projet : il semble y avoir un consensus sur le fait que c'est monsieur Hardy qui mène la barque, et personne n'oserait le jeter par-dessus bord.

Pour ce qui est d'Olivier, c'est Thomas qui prend finalement l'initiative en se rendant chez lui après l'école. Conscient qu'« un de ces quatre » signifie rarement « avenir immédiat », il est cependant trop impatient de se débarrasser de la petite tache noire qu'il a sur la conscience depuis leur altercation. Et malgré le fait que son vieil ami ait ouvert la porte à une éventuelle réconciliation, il ressent tout de même une certaine nervosité en arrivant devant sa demeure, comme s'il avait peur de ce qu'il allait entendre. *Au pire, on n'est pas obligés de parler de ça tout de suite*, se dit-il en appuyant sur la sonnette, mais il sait très bien que c'est inévitable. Comme personne ne répond, Thomas fait le tour de la maison pour voir si son copain se trouve dans la cour. Celui-ci, assis sur une marche du patio, est en train de faire voler un petit hélicoptère téléguidé.

— Salut, mon pote!

— *What's up*, Tom? Bouge pas!

Olivier fait tourner lentement l'engin autour de Thomas, le rapprochant graduellement jusqu'à le poser sur sa tête.

— T'as vu le talent? La précision?

— Il m'en faut un! s'exclame Thomas tandis que l'hélicoptère redécolle. Ç'a l'air trop le fun!

Le pilote sourit sans enthousiasme et fait atterrir son jouet pour de bon.

— Ouais, c'est drôle. Ça détend.

Pour une raison évidente, Thomas n'ose pas lui demander d'essayer à son tour, même s'il en meurt d'envie. Il opte plutôt pour une question banale:

— T'as passé une bonne semaine?

— Correcte. L'école, c'est l'école.

— C'est drôle, la première fois qu'on s'est revus, tu m'avais donné l'impression que c'était tripant où t'étais. Je t'enviais!

Olivier le regarde drôlement, puis hausse les épaules.

— Des fois, c'est cool, ça dépend des jours.

— Tu joues toujours au hockey cosom?

— Non, ça me tentait plus.

— C'est dommage, t'étais vraiment bon.

— Bof.

Les réponses sèches et brèves de son ami amènent Thomas à briser la glace.

— Tu sais pour l'autre fois… j'ai réagi par frustration, mec. J'aurais jamais dit quelque chose comme ça si je m'étais pas senti attaqué. Surtout devant ta blonde.

— Je sais, c'est ma faute.

— Non, c'est pas ça, c'est…

— Arrête, je suis pas cave, l'interrompt Olivier. Je sais comment j'ai été avec toi les deux fois qu'on s'est vus.

Cette déclaration surprend grandement Thomas.

— OK… mais pourquoi t'agissais de même avec moi ? Je t'avais-tu fait quelque chose ? Honnêtement, si c'est le cas, je m'en rappelle pas.

Olivier passe sa main dans ses cheveux et réfléchit un instant.

— Non, tu m'avais rien fait. Rien de voulu, en tout cas.

— Comment ça, « rien de voulu » ?

— Tu dis que tu m'enviais quand je t'ai parlé de ma nouvelle école…

— C'est quoi, le rapport ?

Olivier semble rassembler tout son courage pour faire cette révélation :

— Ben moi, je t'ai envié pendant des années, mon gars.

Thomas est abasourdi, mais écoute attentivement.

— T'avais tout. T'étais le plus populaire de notre niveau, le meilleur dans les sports, le préféré des filles… Les profs aussi t'aimaient plus que les autres. Ça paraissait, même s'ils essayaient de pas le montrer. Tu vas me trouver parano, mais je suis certain qu'ils ont arrangé des concours pour que tu gagnes : ça se pouvait juste pas, être chanceux de même !

— Voyons donc, tu capotes !

— Je suis sérieux ! C'est facile de nommer n'importe quel nom si tu le montres pas aux autres après. Tu piges Édith Laurin, pis, comme par magie, ça devient Thomas Hardy. En tout cas, c'est un détail. Je te dis juste que c'était pas tout le temps facile, être ton ami.

— Je sais pas quoi dire…

— Pis, en plus, je sais pas si tu t'en rendais compte, mais t'étais vraiment dominant ! Fallait toujours qu'on fasse pis qu'on pense comme toi.

Ces mots, trop vrais au goût de Thomas, résonnent désagréablement dans sa tête. Olivier poursuit :

— Je dis pas que c'était méchant, c'est juste que t'étais plus fort que nous autres mentalement. Tu *catches* ?

Thomas pousse un profond soupir et finit par s'asseoir. Tous les deux regardent dans le vide, pensifs.

— C'est pour ça que j'ai agi comme un cave. J'avais envie d'être meilleur que toi pour une fois…

— En tout cas, finit par répondre Thomas, je m'attendais pas à ça en venant ici.

— C'est un peu intense, hein ?

— Oui, mais t'as raison sur tout. J'ai rien à dire pour ma défense.

Thomas regarde son ami droit dans les yeux.

— Je suis désolé, Olivier, vraiment.

— Bah, tu pouvais pas savoir. Pense pas que j'ai compris ça tout seul non plus. C'est ma mère qui m'a expliqué certaines choses qu'elle avait observées dans notre relation.

— Elle doit me détester.

— Pas pantoute ! Ça lui faisait de la peine qu'on soit en froid. Elle aimait ça, quand tu venais à la maison. Crois-moi, t'es son préféré…

Thomas dévisage Olivier, et celui-ci réalise le double sens de sa phrase.

— Ben, parmi mes amis, je veux dire ! corrige-t-il aussitôt.

Les deux garçons se mettent à rire, ce qui rend l'atmosphère plus légère.

— Alors, on enterre la hache de guerre ? demande Thomas.

— Oui, mais pas trop creux. En cas d'attaque de zombies, ça pourrait être pratique.

— Haha! En parlant de zombies, en quoi tu t'es déguisé cette année?

— En ninja.

— Ça doit faire la troisième Halloween de suite que tu te déguises en ninja, non?

— J'y peux rien, c'est le seul temps de l'année où je peux réaliser mon rêve.

— Haha! C'est correct, ça! Y a pas de mal.

Lorsque le soleil disparaît derrière d'énormes nuages et que la température tombe radicalement, Olivier invite son copain à entrer dans la maison pour prendre une collation. Il en profite pour lui montrer sa nouvelle chambre au sous-sol.

— C'est ben cool! s'exclame Thomas. Moi, mon frère a pu s'installer en bas à seize ans seulement.

— Oui, je trouvais que c'était le temps de passer à autre chose.

— J'en ai pour un bout, moi, avant de pouvoir faire ça.

— Tu penses qu'il va rester chez vous encore longtemps, le Charlot?

— Pfft! Derrière son air mature et responsable se cache un gros bébé lala. Je te gage que je vais partir de la maison avant lui!

— Il fait quoi avec son argent ?

— Justement, il améliore constamment son palais pour plus jamais avoir à le quitter ! Mais, pour en revenir à ta chambre, est-ce que c'est récent ?

— Oui. J'ai décidé ça après que, ma blonde pis moi, on a cassé.

Thomas ravale sa salive.

— Ah bon…

— Disons que j'ai pas fait bonne impression avec ma chambre bleu poudre pis mes vieux jouets éparpillés un peu partout. Je te le dis, la première fois qu'elle a mis les pieds ici, ç'a été un désastre. Ma mère voulait comme pas nous laisser tout seuls, elle ouvrait tout le temps la porte de ma chambre sans avertir pour n'importe quelle niaiserie. Elle était trop stressée. Je pense qu'elle s'attendait pas à ce que je me fasse une blonde aussi vite.

— Alors, c'est pas ce que j'ai dit qui a…

— Pas juste ça, l'interrompt aussitôt Olivier. C'est sûr que ç'a pas aidé, mais c'était voué à l'échec de toute façon, alors sens-toi pas mal.

Soulagé de voir que ses commentaires n'ont pas été la seule source de désenchantement pour la jeune fille, Thomas sent son cœur s'alléger.

— Ça marchait déjà pas bien entre vous deux ?

— Bah, j'étais pas moi-même avec elle. On dirait que j'essayais trop de lui plaire parce que je savais qu'au fond j'étais pas son genre. C'est le type de fille qui sort avec des plus vieux habituellement. Elle croyait probablement que j'étais déniaisé. Mais bon, c'est ma faute.

— Comment ça ?

— Ben, j'ai joué le jeu du gars qui sait ce qu'il fait, pis je me suis planté. Mais c'est pas grave, ça fait de la peine au début, pis après tu te rends compte que c'est pas mal mieux comme ça. En plus, il y a une autre fille qui tripe sur moi, le vrai moi ! Elle est *cute* à mort, pis elle adore le sport.

— Je suis vraiment content pour toi. J'espère que ça va marcher.

— Ma mère dit tout le temps : « T'es encore trop jeune pour t'en faire avec ça. » Elle a raison, c'est censé être le fun, l'amour, à notre âge, pas trop compliqué.

Thomas acquiesce en enfonçant le reste de son gâteau dans sa bouche.

— Pis toi, demande Olivier, en as-tu choisi une parmi les trois filles qui te tournaient autour ?

— Les trois filles ?

Thomas se rappelle alors son mensonge et, inspiré par les confidences d'Olivier, opte pour la vérité :

— On s'entend qu'il y avait pas vraiment trois filles…

— Haha ! Je m'en doutais.

Thomas recrache presque sa gorgée de lait.

— En fait, il y en avait même pas une à ce moment-là, j'ai juste dit ça pour faire comme toi…

Le commentaire fait un petit velours à Olivier.

— Mais là, ajoute Thomas, les yeux tout pétillants, là il y en a une pour vrai.

Il raconte donc l'histoire d'Annick à son ami, et la discussion qui en découle les ramène à cette sublime émotion qu'ils éprouvaient, autrefois, quand ils parlaient des filles en cachette dans le local du concierge. Même si, à l'époque, ils n'hésitaient pas à exagérer, voire à mentir, pour s'impressionner mutuellement, chacun peut dorénavant parler vrai sans se soucier du jugement de l'autre. Et c'est ainsi, parce qu'ils ont osé s'expliquer et se pardonner, que Thomas et Olivier redonnent vie à leur amitié.

HUIT

Ciel dégagé, dix pour cent de probabilité d'averses et un maximum de quatorze : glorieux samedi matin pour une aventure ! Comme il flotte sur un nuage depuis sa réconciliation avec Olivier, les pas de Thomas sont presque inaudibles dans la maison. Ses chansons de bonheur, par contre, ne le sont pas.

— Non mais, tu vas la fermer ? lui crie Charles de son lit princier.

— Endure, paresseux !

Le paternel, l'air amusé, penche néanmoins du côté de l'aîné :

— Il n'est même pas huit heures, ne chante pas si fort, mon grand, et ferme la porte du sous-sol. Tu es chanceux que ta mère ait ses bouchons…

Trop heureux pour rouspéter, Thomas baisse le ton, mais ne peut s'empêcher de chantonner.

— Je suppose que c'est aujourd'hui que tu vas chez le père d'Annick, c'est ça ?

— Ouuuuuuiiiiii, papaaaaaaaa. Tu aaaaaaas bien raaaaisoooon, PA-PAAAAAA ! Da-da-da-di, dadaaa !

Xavier pousse un soupir, puis rejoint sa fille au salon pour lire le journal. Les yeux de Jasmine sont rivés sur ses dessins animés, qu'elle écoute avec le volume presque coupé.

— Tu devrais prendre exemple sur ta p'tite sœur. Regarde ça, comme elle est sage.

— Sage ? Ferme la télé pour voir ! le défie Thomas entre deux bouchées de céréales.

— Hum, non.

Le garçon fait une grimace à son père, puis part s'enfermer dans sa chambre pour terminer son repas.

Curieuse de rencontrer Annick, Diane a insisté pour emmener les deux voyageurs à la gare d'autobus. C'est donc Thomas qui, pour la première fois depuis ses « belles » années de bambin pleurnichard, réveille aujourd'hui sa mère.

— Hein ? Quoi ? demande-t-elle, les yeux ouverts au quart.

— Tu voulais absolument venir nous reconduire, alors debout !

Marmonnement.

— Allez, p'tite mamie ! C'est le moment ou jamais !

Thomas enlève un de ses bouchons.

— Attention ! Le grand ténor Hardycelli s'apprête à faire vibrer la baraque !

Il prend une grande inspiration.

— NON ! s'écrie sa mère en le menaçant du doigt.

Le garçon sourit.

— C'est bon, t'es réveillée.

Diane pousse un grognement sourd et se lève à contrecœur. Quarante-cinq minutes plus tard, la voiture est devant l'immeuble d'Annick où celle-ci les attend déjà.

— Ponctuelle, j'aime ça.

— Fiou ! Je suis vraiment soulagé. Je sais pas ce que j'aurais fait sinon…

— On est trop tôt le matin pour les sarcasmes, jeune homme. Est-ce que tu lui ouvres la porte comme un gentleman ?

— *Mom*, franchement !

— Quoi ?

Annick s'approche du véhicule et ouvre la portière arrière.

— Bonjour, madame Hardy !

— Bonjour ! Je suis la mère de Thomas, ça m…

— Oui, l'interrompt Thomas, je pense qu'elle l'avait compris. D'où le « madame Hardy ».

Sa mère le foudroie du regard tandis qu'Annick lui donne une petite tape en arrière de la tête.

— Bon, déjà la complicité féminine ! s'indigne-t-il. C'est beau ça encore !

— Moi, je suis l'amie de l'effronté. Enchantée de faire votre connaissance.

Diane retrouve du coup sa bonne humeur.

— Le plaisir est pour moi. Est-ce que ton père sait à quelle heure vous arrivez là-bas ?

Un peu mal à l'aise de lui mentir si tôt dans leur relation, Annick n'a cependant pas vraiment le choix.

— Oui. Au pire, j'ai mon cellulaire s'il y a un problème.

— Parfait. C'est vrai que c'est pratique, ça. Peut-être que tu pourrais en avoir un, toi aussi, Thomas.

Les yeux du garçon s'ouvrent grand.

— Tout à fait ! T'as entièrement raison là-dessus. Il paraît que le iPhone 4 est conçu spécialement pour apaiser les mamans inquiètes.

Consciente des talents de manipulation de son fils, Diane joue le jeu :

— Ah bon ? Ce serait vraiment l'idéal, je pourrais savoir constamment où tu es et t'appeler aux heures. On ira demain, si tu veux…

— Euh… à bien y penser, laisse faire. Ça coûte cher, pis il paraît que ça donne des tumeurs au cerveau.

Diane et Annick échangent un sourire complice. Puis elles se mettent à discuter, profitant du voyage jusqu'à la gare pour se connaître un peu mieux.

Neuf heures dix, enfin seuls. Les deux amis sont assis dans l'autobus, et le niveau de discussion a changé du tout au tout : n'ayant plus à faire bonne impression, Annick perd quelques années de maturité et Thomas poursuit son élan matinal de garçon survolté.

— Si tu lui avais vu la face ! s'exclame-t-il en imitant le directeur. Il était tout rouge !

— Lol !

Thomas s'arrête sec.

— Est-ce que tu viens juste de dire « lol », genre en vrai ?

La jeune fille se met à rire.

— Bon, ça c'est mieux ! poursuit-il. C'est ça que les gens normaux font quand ils trouvent quelque chose drôle, ils disent pas « lol » !

— Je sais, c'est niaiseux, mais ça m'arrive des fois. Question d'habitude, je suppose.

Thomas la regarde d'un air suspicieux.

— Hum, je pense plutôt que c'est parce que tu trouvais pas ça assez drôle pour rire, mais comme tu voulais rester polie, t'en as fait juste assez...

Annick prend un air innocent.

— Ah-AH! J'ai découvert ton stratège, vilaine!

— On dit «stratagème», je pense.

— Oups. En tout cas, c'était ça, ma mésaventure avec monsieur Sigouine.

— Sigouinounet?

— Sigouinounette!

— Sigouinou… ninette?

— OK, on arrête.

— OK.

— Alors, c'est quoi, le plan de match, un coup arrivés à Sainte-Agathe?

— Hum, on marche jusqu'à mon ancien dépanneur, pis on fait le plein de cochonneries.

— *Me gusta*. Ensuite?

— Coudonc, serais-tu ami avec un Mexicain, toi, par hasard?

— Peut-être bien. Dites-moi donc, comment avez-vous obtenu cette information?

— J'ai mes sources… confidentielles.

— Ah bon. Vous jouez à un jeu dangereux…

Tous deux s'étudient un instant avec intensité, puis rigolent.

— On est cons…, remarque l'adolescente en regardant par la fenêtre.

— Bah, c'est pas grave, on aime ça de même, nous autres! Mais, pour vrai, as-tu pensé un peu à ce qu'on allait faire, rendus là-bas?

Annick prend son temps pour répondre, et Thomas note un petit changement dans son regard.

— On verra, se contente-t-elle de dire.

Intrigué, il ne pousse cependant pas la chose plus loin. Quelle importance, de toute façon, tant qu'ils sont ensemble ?

Lorsque les premières chaînes de montagnes apparaissent à l'horizon, un sentiment d'excitation parcourt le corps de Thomas. Son amie semble quant à elle un peu tendue.

— Est-ce qu'on arrive bientôt à la Porte du Nord ? lui demande-t-il.

— Tu veux dire : l'aire de service ? Avec le McDonald tout en pierre ?

— Oui.

— C'est quand on prend l'autoroute qu'on passe à côté, tu la verras pas. Mais oui, on va bientôt être au même niveau.

— Je sais pas pourquoi, mais chaque fois qu'on la dépasse quand on monte dans les Laurentides, j'ai l'impression d'arriver d'un coup dans la nature. J'adore ça !

— Oui, je sais, le nom va bien avec l'emplacement. Dis-toi que ça me donnait la même impression quand j'étais petite, mais à l'inverse. J'aimais pas ça, quand on la traversait, parce que je savais que la ville était proche, pis je trouvais ça laid.

— Tu m'as pas dit que t'aimais mieux la ville ?

— Pour certains aspects peut-être, mais certainement pas pour la beauté ! Je me suis habituée, c'est vrai, mais si les choses… si les choses avaient été autrement, j'aurais aimé mieux rester là-bas. En fait, je sais pas trop…

— Les deux ont des avantages pis des inconvénients.

— Exact.

— Mon rêve, ça serait d'avoir un chalet sur le bord de l'eau un jour, comme ça je pourrais m'y réfugier quand ça me tente.

— Le meilleur des deux mondes ! Ma mère m'a toujours dit qu'on apprécie la vie davantage quand il y a des contrastes. Comme les saisons par exemple : on profite de nos étés au maximum parce qu'on connaît aussi les hivers froids.

— J'y avais jamais pensé comme ça. C'est vrai en plus !

— Quand tu vis en permanence dans un endroit entouré de nature, tu peux finir par tenir pour acquise la beauté autour de toi. C'est quand tu baignes dans le béton pis l'asphalte que tu réalises vraiment à quel point c'est beau, la campagne.

— Est-ce qu'on serait en train d'avoir une conversation intelligente, par hasard ?

— On s'enlignait pas pour ça, ce matin, hein ?

— Haha ! Non. Juste comme ça, quand vous descendiez en ville, c'était pour faire quoi ?

— Oh, j'ai de la famille dans la région de Montréal pis aux alentours. Les gens montaient à Noël, mais le reste du temps, c'est souvent nous qui leur rendions visite. Il y avait La Ronde aussi : ça, c'était pas désagréable du tout !

— La Ronde ! Faudrait y aller ensemble l'été prochain, ça serait trop le fun !

— Ouiiiiiii ! Mais j'ai peur dans les grosses montagnes russes, c'est fou !

— Inquiète-toi pas, je vais te passer du courage par voie télépathique. Juste à être assise à côté de moi, tu vas te sentir plus calme.

— Tu manques pas de confiance, toi, hein, Thomas Hardy ?

— C'est mal ? demande-t-il sérieusement en repensant aux paroles d'Olivier.

— Non, pourquoi ?

— Oh, rien. Juste pour savoir…

— Penses-tu vraiment que c'est un défaut, d'avoir confiance en soi ?

— Euh… ben, je suis pas sûr…

— Sache que les filles aiment beaucoup ça, chez un gars !

— Vraiment ?

Le petit sourire d'Annick se charge de répondre: «Oui, VRAIMENT!» C'est le genre de moment où il fait bon vivre pour un préadolescent.

Lorsque l'autobus dépasse le village de Sainte-Adèle, Annick devient plus silencieuse et, perdue dans ses pensées, regarde le paysage défiler. Thomas en profite d'ailleurs pour fermer les yeux, soudainement rattrapé par sa courte nuit et son exubérance marquée. Puis, sans qu'il s'en rende compte, ses pensées divaguent jusqu'à perdre toute cohérence, et il tombe endormi.

NEUF

Le temps est doux et le soleil brille, ce doit être le printemps. Ce doit aussi être sa fête, puisque tous ses amis sont présents et portent sur la tête une couronne en carton affichant son nom. L'endroit, un grand terrain bordant un immense lac, est inconnu du garçon, mais il lui semble normal de se trouver là. Les jeunes ont un plaisir fou à jouer au fer à cheval, surtout Thomas, qui contrôle parfaitement le vol de ses fers (vive la télékinésie!) et réussit ses lancers à tous coups.

Tandis qu'il jouit de l'adulation de ses compagnons, et spécialement de celle d'Annick qui le traite comme un vrai héros, les parents débarquent et s'immiscent dans le jeu. Ils parlent fort et prennent toute la place, surtout le père d'Annick (inventé de toutes pièces, puisque jamais vu), qui cause une véritable scène avec ses âneries d'homme ivre. Pour échapper à cette invasion parentale, Thomas propose à ses amis d'emprunter le radeau archaïque qui flotte paisiblement sur le bord du lac. Il prend les devants et met les pieds sur l'embarcation, scrutant l'horizon à la recherche d'une destination. En voyant une île remplie de manèges, son enthousiasme décuple et il se retourne vers ses amis pour la leur montrer.

Cependant, tous sont restés sur la rive et l'ignorent complètement. Le radeau quitte la berge, avançant à grande vitesse vers l'île avec son unique passager. Thomas crie en direction de ses amis, mais en vain : il ne peut que les regarder parler et rire sans lui comme s'il n'existait plus. Lorsqu'il aperçoit Olivier et Annick qui quittent le groupe main dans la main, il panique et saute dans l'eau pour nager jusqu'au bord. Impossible. Il patauge et un fort courant l'éloigne davantage de la rive. Quand il voit le nouveau couple s'embrasser au loin, la douleur est telle qu'il se réveille en sursaut.

— Tu m'as fait peur ! s'exclame Annick.

— Hein ?

— Quand t'as sursauté. Ça va ?

— Euh… oui.

— Tu dormais ?

— Sérieux, je suis tout mêlé…

— Haha ! Je m'en étais même pas rendu compte ! T'as rêvé à quelque chose ou quoi ?

— Oui, mais je me souviens juste de la fin.

— Raconte.

— Bah, ment-il, finalement, je suis pas trop sûr de me rappeler, c'était trop bizarre.

Annick hausse les épaules et se met un peu de baume sur les lèvres.

— On arrive. Moi non plus, j'ai pas vu le temps passer, j'étais complètement dans la lune.

Thomas regarde autour de lui et se frotte les yeux. Quelques minutes plus tard, il se retrouve en territoire inconnu, comme dans son rêve, sauf que cette fois il sait comment il est arrivé là.

— J'ai bien fait de mettre une tuque, dit-il en sentant la brise sournoise qui vient piquer sa peau.

— Oui, c'est moins chaud que je pensais. Il y a souvent quelques degrés de différence avec la ville. Bon, on y va ?

Leur premier arrêt est, comme prévu, le dépanneur. Ils ressentent tous deux un plaisir particulier à s'acheter des aliments avec leurs propres sous, et ils prennent tout leur temps pour choisir. Le commis, un jeune adulte au regard désabusé, leur pose une des questions obligatoires :

— Du fromage en grains avec ça ?

— Euh… non, répond Thomas. Pas vraiment…

— Voyons, mon gars, du fromage en grains… Tu peux pas t'en passer !

— Hum, t'as peut-être raison. OK, je vais en prendre pour cent dollars, s'il te plaît !

— Nature ou barbecue? demande le commis avec le plus grand sérieux.

Les deux amis se regardent avec étonnement, puis Martin (selon son macaron d'employé) s'explique:

— J'embarquais juste dans ta blague, *man*, je suis pas cave…

La conversation s'arrête là, et Annick et Thomas sortent en riant. Plus tard, quand ce dernier aura l'âge du commis, il remarquera à quel point les adolescents sont souvent pris au dépourvu dès qu'un étranger leur adresse la parole. Mais, pour l'instant, il est plus facile d'en rire.

— C'était quoi, ça? demande Annick.

— Je sais pas, il se cherche peut-être de nouveaux amis.

— Haha! Pauvre Martin avec sa job plate!

Après une bonne marche dans la rue Principale, achalandée et bondée de commerces (le dépaysement devra attendre), les deux voyageurs empruntent une petite rue qui mène à l'école primaire d'Annick.

— C'est ici que j'allais, affirme la jeune fille en s'arrêtant devant le bâtiment.

— C'est assez mignon, comme endroit.

— Oui, il y a même une forêt en arrière qui mène au P'tit Train du Nord. On traînait souvent là à regarder les gens passer en vélo.

— Je pense que c'est là que mes parents font du ski de fond l'hiver. C'est la piste cyclable qui se rend vraiment loin, c'est ça?

— Hum, jusqu'à Mont-Laurier si je me souviens bien, mais on s'est jamais rendus là. Un jour peut-être, quand je serai plus vieille pis vraiment motivée. Est-ce que tu veux aller te balancer?

— Pourquoi pas?

Annick et Thomas entrent dans la cour de l'école où sont aménagés plusieurs jeux.

— Ça fait toute une différence, avoir beaucoup d'arbres autour, remarque le garçon. Je trouve que ça manque souvent dans les écoles en ville.

— Je sais, mais c'est tellement plus beau avec le feuillage! Ça me rendait toujours triste à l'automne, quand les feuilles tombaient. Il fallait automatiquement que je pense à Noël pour me remonter le moral!

— Oui, on est comme dans le pire temps en ce moment. Moi, c'est toujours le soir de l'Halloween que je me sens bizarre, juste avant d'aller me coucher. Vu que le meilleur est passé, on dirait qu'il n'y a plus de raison que le paysage soit comme ça. Je voudrais soit que la neige apparaisse d'un coup, soit qu'on avance directement au printemps prochain. Mais bon, quand il fait soleil comme aujourd'hui, c'est moins pire. Faut dire que ça aide aussi d'être av...

Thomas n'ose pas finir sa phrase.

— D'être quoi?

— Bah, rien.

Les deux jeunes déposent leurs sacs et s'assoient sur les balançoires.

— Ça passe vite quand même, non? demande Annick en mâchouillant sa gomme.

— Tu veux dire: la vie en général?

— Ben, l'enfance en tout cas.

— Disons que si je me fie aux derniers mois, c'est pas moi qui vais te contredire.

— C'est déjà tellement loin dans ma tête, les six années passées ici. Je parle plus à mes anciennes amies à part quelques commentaires sur Facebook de temps en temps. Tout le monde s'éparpille on dirait, tout le monde passe à une nouvelle vie...

— Pareil pour moi, enfin presque. Je vivais la même chose avant de me réconcilier avec mon ami Olivier. C'est normal, mais c'est vrai que c'est triste.

— Mais c'est vrai que c'est triste..., répète Annick tout bas.

— Mon père dit que c'est nous qui changeons vite, dans notre manière de voir les choses, pas tant ce qui nous entoure. Prends mon école à moi par exemple. Évidemment, tout est exactement comme l'année passée : mêmes profs, mêmes locaux, même cour. En plus, j'habite à deux pas, pis je vais souvent chercher ma sœur, on s'entend pour dire que j'ai pas eu le temps de m'en ennuyer. Pourtant, après à peine six mois, je la vois déjà plus de la même manière.

— À cause de tout ce que t'as connu depuis.

— Oui, pis il paraît que c'est juste le début.

— Alors, on n'est pas au bout de nos peines…

— Ça dépend. Aimerais-tu mieux rester pareille pour toujours ?

Pas de réponse.

— Personnellement, poursuit Thomas, je suis quand même content de vieillir. Si je pouvais me mettre à grandir un peu plus, ce serait l'idéal, mais bon, j'ai encore le temps.

— On dirait que t'as changé ta façon de penser depuis ton bal pour p'tits vieux, ça se peut-tu ?

— C'est clair ! Ça m'a fait voir toutes les possibilités qui s'offrent à moi si je me donne la peine. Je suppose aussi qu'en vieillissant ce sera moins compliqué de faire les choses comme je veux. Il va y avoir moins de personnes à qui demander la permission en tout cas…

— Moi, j'ai hâte de conduire !

— Tu vois ? Là, tu parles !

La jeune fille sourit comme pour le remercier.

Après quelques anecdotes plus légères sur ses années passées ici, Annick amène Thomas à quelques minutes de marche sur le bord du lac des Sables. La vue de l'eau rappelle aussitôt au garçon son étrange rêve.

— On va s'asseoir un peu dans le sable ? lui demande Annick.

— Si tu veux. Ça doit être moins agréable en automne, par contre.

— T'as beaucoup d'imagination : fais semblant qu'on est au mois de juillet.

— Est-ce que je peux aussi faire semblant que t'es pertinente ?

Annick le dévisage avec de gros yeux méchants.

— Quoi ? Répète donc ça, pour voir ?

Elle fait un pas vers lui, il fait un pas vers elle. Elle le dépasse à peine et la vapeur de leurs souffles se mélange dans l'air.

— Annick… non… pertinence…

— OH !

Elle le pousse et, comme il ne s'y en attendait pas du tout, il tombe dans l'herbe. Voyant bien qu'il compte répliquer, la coquine s'enfuit vers le rivage en riant. Pourtant, lorsque Thomas la rejoint, elle reste plantée là à fixer l'horizon.

— Ça va ? lui demande-t-il au lieu de poursuivre le jeu.

Mais Annick ne répond pas.

— C'est un truc pour éviter que je te pousse, moi aussi, hein ?

Quand elle se retourne vers lui, ses yeux remplis d'eau sont d'une tristesse à donner la chair de poule et, contrairement au fameux soir de l'Halloween, Thomas n'hésite aucunement à la serrer très fort dans ses bras. Pourrait-on le blâmer de profiter du moment malgré les pleurs de son amie ? D'apprécier l'odeur de ses cheveux et la chaleur de l'étreinte ?

Une fois qu'Annick s'est calmée, Thomas et elle s'assoient et lancent des petits cailloux dans l'eau.

— C'est ici que ça s'est passé ?

— De l'autre bord, on voit pas l'endroit exact d'ici, pis c'est mieux de même. Je serais pas capable. C'est fou, tout m'est revenu d'un coup quand j'ai regardé par là, comme si ça s'était passé hier.

Le garçon se laisse imprégner par le paysage et tente de visualiser la scène du drame.

— J'ai peut-être beaucoup d'imagination, mais j'ai de la misère à me mettre à ta place. D'habitude, on voit juste ça dans les films.

— Ce qui m'écœure le plus, c'est que je tripais vraiment sur le lac quand j'étais petite, c'était mon endroit préféré. J'ai… j'avais tellement de bons souvenirs ici, mais, là, celui de la mort de David a pris toute la place.

— Je peux comprendre.

— Tu sais, je m'ennuie de lui, c'est sûr, mais le temps passe, pis ça devient plus facile de faire le deuil. Ce qui me fait le plus de peine, c'est tout le mal que ç'a causé par après, surtout pour mes parents…

Sa voix devient tremblante et les larmes se remettent à couler.

— Pourquoi c'est arrivé, hein ? J'ai rien fait, moi, pour mériter ça ! J'aimerais tellement que les choses redeviennent comme avant, tu peux pas savoir ! Tu peux pas savoir…

Cette fois-ci, même Thomas se retient de pleurer : la détresse de son amie contraste tant avec son assurance habituelle qu'elle le prend au dépourvu. Tellement, en fait, que c'est le commentaire le plus insignifiant de toute l'histoire de l'humanité qui sort de sa bouche :

— On peut dire que t'es comme une tortue ninja, toi…

Il s'écoule exactement six secondes avant que ses mots ne soient traités par le cerveau d'Annick.

— Quoi ? demande-t-elle en essuyant ses larmes.

— Ben, je sais pas… T'as comme une carapace… pis… hum… tu pousses fort.

Bien qu'elle le dévisage d'abord comme s'il était d'une étrangeté incommensurable, la jeune fille finit par rire aux éclats, et ses yeux encore mouillés se mettent à scintiller plus fort que le soleil sur le lac. Et c'est là que, contre toute attente, elle s'approche du visage de gamin de Thomas et pose ses lèvres sur les siennes. Trop surpris et décontenancé pour apprécier ce bref moment, Thomas ne peut que s'accrocher au souvenir éphémère du baiser tandis qu'Annick se désiste aussi vite qu'elle s'est offerte.

— J'ai plus envie d'être ici, dit-elle en se relevant d'un bond. On s'en va ailleurs, tu viens?

«Bleubff eurgh eujej bwosh beush» aurait été la réponse de Thomas s'il avait réussi à parler.

Comme il aimerait disposer d'une télécommande pour pouvoir revenir quelques secondes en arrière! Car bien qu'Annick *semble* être déjà passée à autre chose, il est pour sa part hanté à chaque instant par le goût sucré de mangue de son gloss.

DIX

Si l'on en juge par ses grandes foulées, Annick semble avoir retrouvé ses moyens. Même Thomas, pourtant rapide, peine à garder la cadence. Étant donné que ses dernières paroles stupides semblent être ce qui lui a valu un baiser, il tente de reproduire en chemin les conditions gagnantes de ce geste en débitant une profusion de sornettes. Malheureusement, son amie n'est plus réceptive du tout. Elle est même un poil impatiente.

— Où est-ce qu'on va, grande schtroumpfette?

— On fait juste marcher pour l'instant. Il fait beau, non? Qu'est-ce qu'on pourrait demander de plus?

Je sais pas, moi, pense Thomas, *un autre baiser peut-être? Et plus long que le premier, de préférence, question d'être certain de ne pas l'avoir inventé de toutes pièces!* Comme Annick a l'air d'être plutôt absente, il se concentre sur le paysage qui change au fil de leurs pas. Graduellement, les rues qui lui rappellent sa propre banlieue deviennent des routes de campagne traditionnelles avec des maisons plus espacées et des terrains boisés. L'absence de trottoir demande d'ailleurs une plus grande vigilance quand les voitures passent, chose à laquelle Thomas est moins habitué. Par un petit geste de courtoisie qui lui fait gagner des points (sans qu'il le sache), il pousse délicatement Annick de façon à ce qu'elle ne soit plus du côté de la chaussée. Sécurité oblige.

Une vingtaine de minutes plus tard, les deux amis bifurquent sur un sentier pour véhicules tout-terrain parallèle à la route et prennent une pause bien méritée. Ils s'arrêtent devant un rocher facile à escalader et sortent leurs provisions pour se remplir l'estomac. Puis, ayant englouti leurs sandwichs comme des affamés, ils passent (enfin!) au dessert.

— Goûte à celle-là! s'exclame Annick en lui tendant une friandise en forme de cervelle.

— Mmmmmm… cerveaaau huuuummmain… j'en veeeeux pluuuuuus!

Thomas s'avance pour faire semblant de croquer sa tête, mais elle le repousse fermement.

— Pfft! T'avais juste à t'en choisir, de celles-là!

— OK, OK.

Difficile de résister à la tentation de la coller davantage, mais les signes de la demoiselle sont plutôt confus et durs à décoder.

— On s'en va chez mon père.

— Pour vrai?

Thomas l'observe tandis qu'elle classe ses jujubes en ordre de grosseur.

— On dirait que je le savais depuis le début, que je voulais y aller, mais j'étais pas capable de l'admettre, même en étant consciente que je marchais dans cette direction-là. C'est bizarre, hein?

— Un peu, je suppose.

— Tu dois me trouver folle…

— Non. Je peux pas dire que je te comprends tout le temps, mais t'es loin d'être folle. On n'a juste… pas eu le même genre de vie, je pense.

Annick baisse les yeux.

— C'est quoi, son nom, en passant. Tu me l'as jamais dit.

— Jean-Pierre.

— Ça fait longtemps que tu l'as pas vu?

— Oui, plusieurs mois. La dernière fois, c'était au début de l'été, je suis passée par chez lui après être allée au chalet de Julie. Elle et ses parents sont restés dans l'auto, j'avais trop honte pour le leur présenter. Je suis partie après dix minutes de toute façon.

— Ça s'est pas bien passé?

— Il était vraiment paqueté, j'avais de la misère à comprendre ce qu'il disait.

Long silence. C'est Thomas qui le brise:

— C'est peut-être con comme question, mais pourquoi tu voulais y aller aujourd'hui ? Je veux dire : à quoi tu t'attends ?

— À rien. J'ai juste rêvé à lui récemment, pis… je m'ennuie. C'est tout.

— Ç'a du sens. Pour ce qui est de la deuxième partie de ma question conne : pourquoi tu voulais que je sois là ?

Annick le dévisage.

— T'as raison, cette partie-là est conne.

La pause-repas terminée, les deux amis se dirigent cette fois-ci vers une destination bien précise.

Lorsqu'ils arrivent devant la maison de son paternel, l'adolescente est prise de panique.

— Attends ! dit-elle à son compagnon. Je ne peux pas y aller !

Elle pose aussitôt une main sur son cœur et tente de calmer sa respiration. Son ancienne demeure est plutôt coquette, bien qu'un peu délabrée. Le terrain est grand et laissé à l'état sauvage, ce qui plaît beaucoup à Thomas, lui qui déteste les pelouses uniformes au look artificiel des banlieues. Le garçon n'a d'ailleurs aucune difficulté à imaginer les jours heureux que son amie a vécus là, même s'ils sont manifestement loin derrière elle : il imagine la petite Annick en train de courir dans l'herbe longue, poursuivie par son copain David à qui il est censé ressembler.

— Est-ce que ça va aller ? lui demande-t-il sans oser la toucher.

— Oui, je sais pas ce que j'ai.

Au même moment, des bruits de marteau provenant de l'arrière de la maison retentissent et couvrent celui du vent.

— Ça doit être lui, dit Annick d'un air surpris.

— T'es prête ?

— Oui.

Tandis qu'ils se rapprochent, le son d'une scie mécanique remplace celui du marteau, et la jeune fille se précipite dans sa direction. Ils ont à peine tourné le coin qu'ils aperçoivent un homme de dos s'affairant à réparer la véranda. Comme s'il avait senti une présence, il ferme le bruyant appareil et se retourne. En voyant sa fille, il se précipite vers elle à grands pas.

— Annick ?

Pour un alcoolique, son regard est étonnamment clair et vif. Jean-Pierre soulève Annick dans les airs comme si elle était encore gamine et la serre très fort. L'intensité de la scène est telle que Thomas reste planté là, à la fois ému et légèrement mal à l'aise devant cette belle intimité. Pendant un long moment, ni le père ni la fille ne semblent d'ailleurs être conscients de sa présence.

— Qu'est-ce que tu fais ici, ma grande? finit par dire Jean-Pierre.

Annick a la gorge trop nouée pour répondre.

— Tout va bien, ma chérie? Dis quelque chose…

— Elle s'ennuyait de vous, répond à sa place le témoin de leurs retrouvailles.

L'homme le regarde et lui sourit.

— Et ton nom à toi, c'est?

— Thomas, Thomas Hardy.

Jean-Pierre lui tend la main.

— Enchanté, mon gars. T'as pas l'air assez vieux pour conduire, vous êtes venus comment?

— On a pris l'autobus.

— Vraiment?

Il essuie les joues de sa fille et la colle de nouveau contre lui. De toute évidence, il n'est pas conscient de ses propres larmes, puisqu'il les laisse couler librement.

— C'est une maudite belle surprise en tout cas, une maudite belle surprise! Venez, on va se réchauffer en dedans, vous avez l'air congelés.

L'intérieur de la maison est aussi en désordre que l'extérieur, non pas par négligence, mais plutôt parce que son propriétaire a récemment entrepris des rénovations majeures et que les matériaux traînent un peu partout.

— Vous m'excuserez pour l'état de la maison, j'ai commencé plusieurs travaux en même temps.

Annick promène ses yeux un peu partout et semble complètement dépassée par ce qu'elle voit. La possibilité qu'il ait l'intention de vendre lui traverse alors l'esprit.

— Qu'est-ce qui se passe, papa? finit-elle par lui demander.

— Ben, la rénovation était censée être une surprise. Une des deux surprises, en fait…

Comme pour vérifier ses doutes quant à la sobriété de son père, l'adolescente traverse la pièce et ouvre les deux portes du meuble où il range habituellement ses bouteilles d'alcool. Celles-ci ont été remplacées par les albums de photos de leur famille.

— C'était ça, l'autre surprise. Ça fait quatre mois que j'ai arrêté de boire.

Annick jubile.

— Tu comptais me le dire quand, au juste? lance-t-elle d'un ton légèrement accusateur.

— Faut pas que tu m'en veuilles, je voulais juste que tout soit comme neuf avant que tu remettes les pieds ici. Fallait aussi que ça fasse assez longtemps que je sois sobre, juste pour être sûr. Tu comprends?

La jeune fille hoche la tête, soulagée comme elle ne l'a jamais été de sa vie. Jean-Pierre poursuit:

— Mais, pour être honnête, je suis vraiment content que tu sois venue aujourd'hui. J'avais tellement hâte de te revoir que j'ai essayé de tout faire en même temps et ça m'a plus retardé qu'autre chose. Mais j'ai travaillé fort, mon ange, j'ai vraiment travaillé fort…

Cette fois-ci, c'est Annick qui avance vers lui et le serre dans ses bras. À côté de la charpente imposante de son père et aussi parce qu'elle garde son dos voûté, elle semble être redevenue la petite gamine d'autrefois, l'espace d'un instant.

— Je t'aime, papa, chuchote-t-elle, davantage pour ses propres oreilles que pour lui.

ONZE

Thomas reste étendu sur son lit à repenser aux événements de la veille. Dire qu'il aurait pu, en ce moment même, être encore avec la jolie demoiselle! Effectivement, Jean-Pierre a voulu les garder chez lui pour la nuit, mais la mère d'Annick s'y est fermement opposée lorsque cette dernière lui a téléphoné pour la rassurer. Furieuse que sa fille lui ait caché sa petite escapade chez son père, Myriam lui a demandé de rentrer immédiatement. Une réaction purement émotionnelle, sans doute. « Mets-toi à sa place, a dit Jean-Pierre pour calmer sa fille en la voyant insister au téléphone. Je te promets qu'on va se parler bientôt, ta mère et moi. On va régler tout ça comme il faut. »

Ils ont discuté tous les trois pendant des heures, assis dans la cour devant un énorme feu de vieilles planches, puis le père d'Annick les a conduits à l'arrêt d'autobus pour un touchant au revoir.

— T'aurais dû voir ça, mon Freddy, dit Thomas à son chaton qui lèche son ventre religieusement, j'ai jamais vu un homme pleurer comme ça. Mais ch'était des larmes d'amooouurr, tu chais, pas des larmes de trichteche.

Le minet s'arrête un instant et le regarde d'un air curieux, puis il poursuit sa besogne matinale.

— Tu sais qu'elle m'a embrassé sur la bouche aussi ? Ç'a duré juste une seconde, mais… quelle seconde !

Thomas place ses mains derrière sa tête et fixe le plafond, un sourire fendu jusqu'aux oreilles.

— Top des trois meilleures secondes de ma vie : en troisième position, il y a celle où j'ai réalisé que la boîte de biscuits soda que j'ai reçue à Noël contenait une Nintendo DS. Ça, c'est l'humour à mon père, faut pas lui en vouloir. En deuxième place, je mettrais celle où j'ai compris qu'un test négatif, c'est positif en médecine, pis que j'avais pas la leucémie en fin de compte. Disons que la seconde juste avant, c'était probablement la pire de toutes. Pis pour ce qui est de la première place, hum… attends… laisse-moi bien réfléchir… oh oui, LE BAISER D'ANNICK !!!

La petite bête sursaute.

— MUHAHAHAHAHA !!! C'est pas comme tes p'tits becs à toi qui sentent le poisson !

Mis à part les moments plus touchants et intenses de son aventure, certains propos de

Jean-Pierre ont aussi retenu l'attention de Thomas. Plus particulièrement ce qu'il leur a confié au sujet de son alcoolisme et des ravages que cette maladie occasionne, à commencer par l'isolement. Cela a fait beaucoup réfléchir Thomas, lui rappelant l'itinérant rencontré le soir de l'Halloween, son comportement étrange ainsi que les réactions négatives de William et de Karl. Si la consommation d'alcool du père d'Annick a pu cacher un homme bon et ultra sympathique pendant toutes ces années, qu'en est-il des sans-abri qui hantent les rues de nos villes et qui sont aux prises avec le même problème? N'est-ce pas un passé lourd que certains tentent à tout prix de noyer en buvant? Thomas n'y avait jamais pensé avant.

Lorsque Jean-Pierre a mentionné que la bonté de ses amis (ceux qui le sont restés, du moins) et des gens du village a fini par l'inciter à faire le ménage dans sa vie, le garçon s'est imaginé qu'il pourrait répéter l'opération, mais à grande échelle. Un nouveau projet se présentait à lui. De nouvelles personnes avaient besoin de son aide. Les images qui se sont formées dans sa tête lui ont donné l'envie de tenter quelque chose, quelque chose de grand. S'il a déjà réussi à égayer une cinquantaine de personnes âgées qui se croyaient éteintes, pourquoi ne pourrait-il pas répéter le même genre d'exploit, ou même le surpasser ?

— As-tu une idée, toi ? demande-t-il à Freddy. Quel événement spécial je pourrais organiser qui aurait un impact, un vrai ? Pas juste pour une journée ou deux, quelque chose qui dure !

Il lève son compagnon dans les airs et pousse un long soupir.

— T'es fin, t'es doux, mais t'amènes pas beaucoup d'arguments sur la table. Bah ! Au moins tu m'as pas coûté cher…

Quand la faim l'oblige à montrer le bout de son nez dans la cuisine, Thomas se voit bombardé de questions par ses parents. Il a pourtant cru y avoir échappé la veille au soir ; ce n'était cependant que la fatigue qui inhibait leur curiosité.

— C'était comment, le voyage en autobus ?
— Bien.
— Qu'est-ce que vous avez fait ?
— Pas grand-chose.
— Est-ce que vous sortez ensemble ?
— Pas vraiment.
— De quoi il a l'air, son père ?
— D'un homme.
— Est-ce que c'est beau, où il habite ?
— Pas pire.

Freiné par le manque d'éloquence de leur fils, Diane et Xavier abandonnent assez rapidement et le laissent manger en paix.

— Toi, penses-y même pas! lance Thomas à sa sœur qui le regarde d'un air coquin.

Inutile de dire que, dès que la gamine a entendu le nom d'Annick, son intérêt pour l'aventure de Thomas a décuplé.

— Vous vous êtes donné des p'tits becs? lui demande-t-elle en riant.

— Jasmine, qu'est-ce qui est arrivé à ta poupée préférée la dernière fois que tu m'as tapé sur les nerfs?

— MAMAAAAAAN!!!

Problème réglé. Avant de retourner dans sa chambre, Thomas s'arrête devant le salon où lisent paisiblement ses parents.

— Est-ce qu'on a quelqu'un dans la famille qui a déjà été un sans-abri?

Deux paires d'yeux étonnés le fixent, puis se regardent mutuellement.

— Euh… non, répond Xavier. Pourquoi tu nous demandes ça?

— Oh, pour rien.

Rien à perdre à le demander en tout cas, surtout si l'on considère l'aide précieuse que son grand-oncle lui a apportée pour son projet précédent. En quête d'inspiration, le garçon opte finalement pour l'ordinateur et entreprend des recherches sur Internet.

C'est ainsi qu'il trouve le site de Dans la rue, un organisme qui travaille auprès des jeunes en situation précaire ou sans-abri. En lisant le texte qui décrit tout le travail qu'a accompli cet organisme au cours d'une seule année, Thomas est abasourdi : voilà des résultats très impressionnants et, surtout, concrets. Mais comment pourrait-il contribuer à cette œuvre de bienfaisance, comment apporter une aide qui soit assez importante pour faire bouger les choses ? Une collecte de nourriture, peut-être ?

— Plus de 25 859 repas servis, 10 800 sacs de provisions d'urgence distribués…, lit le garçon à voix haute pour bien saisir ces nombres faramineux.

Une GIGANTESQUE collecte de nourriture, donc, à laquelle il pourrait faire participer son école en entier ! Le défi qui prend forme dans son esprit lui donne soudainement la chair de poule.

On est ailleurs, là, se dit-il en comparant ce projet au précédent.

Pensant justement à son projet précédent, Thomas ouvre ensuite un deuxième onglet et, comme pour s'encourager, consulte la page de sa vidéo. Une vérification encourageante : le petit film a été vu plus de quinze mille fois maintenant, et une centaine de commentaires ont été ajoutés depuis sa dernière visite. Tout à coup, son nouveau projet ne semble pas aussi hors de portée qu'il l'avait d'abord cru. En imaginant les possibilités, son cerveau s'excite à un point tel que le garçon se lève d'un bond, part s'habiller en vitesse et quitte la maison pour faire son remue-méninges en marchant.

Si le succès de sa vidéo lui a prouvé quelque chose, c'est bien le pouvoir rassembleur des réseaux sociaux. Et s'il veut réussir un projet de grande envergure, il devra utiliser *tous* les moyens à sa disposition pour capter l'attention des gens et la garder. Et quel meilleur véhicule que les images aussi touchantes qu'hilarantes filmées quelques jours auparavant durant le bal ? Sa page YouTube, où s'accumuleront au fil du temps de nouvelles vidéos, pourrait même être jumelée à un site Web dont la fonction serait de sensibiliser les gens à ses projets altruistes, les invitant à prendre part à la grande collecte. Il imagine déjà le slogan : *Joignez-vous à Thomas Hardy pour son nouveau… projet ?*

— Ça manque de punch, dit-il tout haut en se creusant la cervelle.

Il lui faut un titre accrocheur, comme le célèbre livre des records qui l'a tant inspiré au départ.

Lorsque Thomas repense à son ambition initiale, soit celle de devenir cascadeur (qui, bien que ses motivations aient changé du tout au tout, reste importante pour lui), et plus précisément à Freddy Nock, un mot lui vient à l'esprit: bravoure. Mais, au-delà des acrobaties risquées, ne faut-il pas autant de bravoure pour entreprendre à son âge des projets aussi hors normes?

— La grande bravoure de Thomas Hardy…, chuchote-t-il pour ses propres oreilles.

Non, trop prétentieux.

— La… Les! Les bravoures de Thomas Hardy…

Ici, le mot devient à la fois un qualificatif qui le représente et un nom pour ses projets!

— WOOHOO!!!

Bien sûr, Thomas ne pourra rien entreprendre sans recevoir au préalable l'appui de la direction de l'école, mais, à en juger par le changement radical d'attitude de monsieur Sigouin à son égard depuis la visite de son père, cela ne devrait pas représenter un problème. Après tout, une collecte de denrées pour les sans-abri ne constitue-t-elle pas un projet fabuleux pour le collège? Étant donné que l'entreprise est trop ambitieuse pour qu'un garçon de son âge agisse seul, peut-être un de ses professeurs pourrait-il lui donner un coup de main pour tout ce qui est question d'entreposage et de logistique. Thomas deviendrait donc le commandant suprême de son Armée de la bonté, et ses généraux seraient prêts à mourir au nom de son noble projet ! Ou quelque chose du genre…

— THOMAS ! crie soudainement une voix familière qui le sort de ses pensées.

C'est Olivier, accompagné d'une jolie demoiselle qui lui sourit déjà au loin. Thomas court les rejoindre à l'entrée du parc.

— Je m'en allais chez vous voir si t'étais là, je voulais te présenter ma nouvelle blonde.

La jeune fille lui tend la main.

— Salut. Moi, c'est Émilie.

— Enchanté. Moi, c'est Thomas. Comme ça, c'est toi la chanceuse qui a réussi à mettre la main sur mon ami ?

Olivier lui fait subtilement signe d'en rajouter, ce que Thomas fait avec grand plaisir :

— Tu dois être pas mal spéciale pour qu'il te choisisse, avec toutes les filles qui lui tournaient autour.

Étonnée, Émilie fixe son amoureux.

— Ah oui ? Tu m'avais pas dit ça, toi…

— Bof, répond Olivier avec un air tombeur, elles valaient pas la peine d'être mentionnées.

— Bonne réponse, lui dit-elle en le frappant doucement sur l'épaule.

Les deux tourtereaux se regardent d'un air complice, puis Olivier demande à Thomas ce qu'il faisait avant leur arrivée.

— Oh, je réfléchissais à mon nouveau projet.

— Quel genre de projet?

— Une collecte pour les sans-abri. Une vraiment très grosse, majeure, épique collecte d'aliments non périssables.

— Pour vrai?

— Oui, en tout cas, j'espère pouvoir commencer ça au plus vite. Ça se peut que j'aie besoin de ton aide d'ailleurs, est-ce que ça t'intéresse?

— Sûrement… Pour faire quoi?

— Ben, il va peut-être falloir l'aide d'autres écoles si on veut faire ça gros, alors tu pourrais être mon représentant dans la tienne. Rien de bien compliqué au pire, juste passer des pamphlets ou quelque chose du genre…

— Wow, c'est ben cool! Mets-en, que ça me tente!

— Est-ce que, moi aussi, je vais pouvoir aider? demande Émilie avec enthousiasme.

— Si tu veux!

Elle acquiesce vivement.

— Pour l'instant, pas un mot à personne, c'est tout nouveau comme idée, alors il me reste pas mal de choses à planifier. Je vous ferai signe quand j'aurai des directives précises.

Thomas doit bien avouer que l'expression « directives précises » lui plaît énormément. Un test de personnalité, dans un magazine, l'a déjà classé dans la catégorie des leaders-nés ; aurait-il enfin trouvé sa voie ?

— Pas de problème, mon gars. Tu nous donnes le signal, pis on va tout faire pour t'aider.

Voilà qui est encourageant. Les trois jeunes restent un moment à discuter de tout et de rien. Puis Thomas retourne à sa planification. Juste à voir l'empressement de son ami à vouloir lui prêter main-forte, il est encore plus motivé. Il sait d'ailleurs que ses camarades vont embarquer inconditionnellement dans son projet et qu'il n'a qu'à leur trouver des rôles qui leur conviennent. Comme le projet précédent a eu des retombées positives pour leur commerce, peut-être les parents de Karl accepteront-ils de participer de nouveau en tant que commanditaires…

En effet, pourquoi se limiter aux écoles quand il pourrait faire appel au grand public par l'entremise des entreprises et des commerces dans lesquels travaillent les adultes de son entourage ? Le restaurant, le centre pour personnes âgées, le salon de coiffure, la ferme de son grand-oncle, etc. Tellement d'aspects à considérer, tellement de possibilités ! C'est alors qu'un élément auquel Thomas n'avait pas encore pensé vient freiner ses ardeurs : comment pourra-t-il arriver à se consacrer à ce gigantesque projet avec les cours, les devoirs et les examens de fin d'étape qui approchent à grands pas ? Il laisse échapper un petit rire de dérision : *Courage, Thomas, courage !*

DOUZE

Le jeune Hardy ne peut se remémorer une journée où le simple fait de se rendre à l'école a suscité en lui autant d'enthousiasme. Il imagine déjà l'heure du dîner pendant laquelle il pourra faire part de sa vision à ses officiers et prendre un malin plaisir à leur transmettre sa fougue. Il est d'ailleurs convaincu que William n'attend que cela pour mettre son cerveau en branle, de même qu'Ernesto qui contribuera sans doute à cette nouvelle « bravoure » en donnant d'excellentes idées. Pour ce qui est de Karl, qui sait ? Son apport considérable au projet précédent semble l'avoir sorti un peu de sa coquille et il pourrait très bien les surprendre une fois de plus. Bien sûr, il y a une autre personne avec qui Thomas a hâte de parler de son idée, une personne qui lui a d'ailleurs fait promettre de l'inclure dans sa prochaine entreprise.

Les trois périodes de cours sont pénibles : difficile de remplir davantage un crâne qui déborde déjà, surtout quand la complexité de ses ambitions dépasse largement celle de toute cette matière théorique qui lui est présentée en rafales. Souvent rappelé à l'ordre, Thomas ne peut que s'excuser encore et encore, mettant son inattention sur le dos de la fatigue, alors qu'il n'a jamais été aussi en forme. Il a beau tenter de faire un peu de place aux équations, aux règles de grammaire et aux exploits de Jacques Cartier, son esprit retourne constamment à sa collecte de denrées. Malgré sa confiance innée, il craint de voir estampé sur son rêve le mot «irréalisable» en grosses lettres rouge vif.

Au son de la cloche, Thomas est le premier à sa table. Il attend que ses trois copains soient présents et bien assis sur leurs sièges pour enfin passer aux choses sérieuses.

— Chers amis, je requiers votre attention pour une annonce importante.

— «Requiers»? s'étonne Ernesto. Juste pour ça, tu peux prendre mon dessert, *amigo*. Je suis fier de toi.

— Haha, merci mais tu peux le garder! C'est sérieux, mon affaire. Êtes-vous prêts pour une autre «bravoure», mes p'tites chéries?

Plus qu'intrigués, les garçons déposent leurs couverts et laissent la parole à «monsieur».

— Vous vous souvenez au parc, l'autre soir, le sans-abri…

Thomas leur expose donc son plan, ayant recours à diverses intonations ainsi qu'à des pauses dramatiques pour accrocher davantage son auditoire. À la fin de sa présentation, William disjoncte littéralement, comme s'il venait de gagner un souper en tête à tête avec le créateur des pokémons.

— Oui, oui, oui, oui, oui, OUI!!! s'exclame-t-il en se levant de sa chaise. Je suis sûr qu'on peut réussir! On va aller chercher plein de monde, PLEIN! On va ramasser tellement de bouffe que ça va remplir le gymnase! T'auras jamais vu ça! On va…

Ernesto pose brusquement son berlingot de lait devant le garçon excité pour l'interrompre.

— Relaxe, *hombre*! Prends une petite gorgée, tu es tout rouge!

William le dévisage et se rassoit, l'air bête. Depuis quelque temps, une rivalité semble s'être formée entre les deux intellectuels du groupe; Thomas l'a remarqué.

— C'est cool, Will, je suis content que tu croies autant au projet, mais ça sera pas facile, on parle de vraiment beaucoup de nourriture, là. En fait, il y a plusieurs choses à considérer avant même de se mettre au travail.

— Il faut commencer par soumettre un plan à la direction, propose Ernesto.

— Oui, je pense, moi aussi, que c'est la première étape. Il faut mettre le projet sur papier, pis il faut que ça soit bien fait si on veut être pris au sérieux.

— Être pris au sérieux ? intervient William. Ils ont juste à regarder la vidéo qu'on a faite pour savoir qu'on niaise pas. Il y avait à peu près dix-huit mille vues quand j'ai regardé ce matin, c'est quand même pas rien !

— Je suis d'accord, mais là on parle de réunir plein de monde, de se joindre à d'autres écoles… Je sais pas exactement comment ça marche, une collecte de nourriture, mais en tout cas les chiffres sont pas mal gros. C'est sûrement pas aussi simple qu'on pense…

— Ouin, t'as raison. Bon ben, je vous invite chez nous après l'école, pis on fait la lettre de présentation, c'est bon ? propose William.

— Ça me convient. Pis vous, les gars ?

— Je peux pas, répond Karl avec déception, j'ai un cours de rattrapage.

L'air indifférent, Ernesto prétexte quant à lui avoir autre chose à faire, mais Thomas sait très bien qu'il ment.

— Allez, mon p'tit Mexicain d'amour, force-toi un peu !

— Une autre fois, OK ? Vous pouvez faire cette partie-là tout seuls.

— Bon, bon, bon, j'ai compris. C'est à nous de jouer, mon Will !

— Yé ! s'exclame ce dernier, bien content de cet arrangement.

Ils se tapent dans la main sous le regard agacé d'Ernesto.

— J'ai mon cours d'info tantôt, ajoute Thomas, je vais demander au prof de nous aider. C'est son genre de truc, je suis certain qu'il va accepter.

— Bonne idée. Hé, je pense que ton amie veut te parler !

Thomas se retourne dans la direction d'Annick et hoche subtilement la tête lorsqu'elle lui fait signe de se rendre à leur endroit secret.

— Je vous rejoins dehors, les gars.

Il est le premier à arriver dans le local abandonné. Si le calme y est délicieux, l'attente l'est encore davantage.

— Coucou ! lance la demoiselle en ne sortant que la tête du cadre de porte.

Thomas reste planté devant la petite fenêtre et ne dit pas un mot.

— Euh… coucou ? répète-t-elle en avançant doucement.

Comme ils commencent à bien se connaître, Annick n'est pas trop surprise lorsqu'il se retourne brusquement et s'adresse à elle d'une voix caverneuse :

— Tu n'aurais jamais dû venir iciiiiii !

— Haha ! Tu me fais pas peur, vieux monstre sorti des égouts !

— Même pas un peu ?

— Non !

Deux bises sur les joues, c'est mieux que rien.

— On n'aura probablement plus besoin de se cacher bien longtemps, dit-elle.

— Comment ça ?

— Ben, ça fait déjà un p'tit bout pour Marco, je crois qu'il a avalé la pilule. Et puis, mes amies t'aiment bien.

— Hum, personnellement, c'est pas pour ça que je viens ici en cachette.

— Ah bon ? Tu viens ici pour quoi ?

Parce qu'il adore être seul avec toi, Annick, parce qu'il n'a pas envie de diluer votre relation dans cette marée d'élèves.

— Parce que c'est cool.

L'adolescente sourit.

— C'est vrai, que c'est cool ! Moi aussi, j'aime ça, c'est juste qu'on se verrait plus longtemps.

Inutile de contester cette logique parfaite.

— Oui, c'est sûr. Pis, ça s'est passé comment avec ta mère quand t'es arrivée chez toi ?

— Oh, c'était bizarre.

— Comment ça?

— Je sais pas, j'ai de la misère à comprendre ses réactions. On dirait… on dirait qu'elle sait pas trop comment prendre la nouvelle. D'un côté, c'est sûr qu'elle est contente que mon père soit mieux, mais… Ah! C'est dur à expliquer!

— Penses-tu qu'elle s'est juste habituée à t'avoir pour elle toute seule? Ça lui fait peut-être peur, d'avoir à te partager…

— Peut-être.

— Je dis ça parce qu'il y a des amis de notre famille qui ont divorcé, pis la mère est toujours en train de monter les enfants contre leur père. J'ai souvent entendu mes parents la critiquer entre eux, alors j'ai compris pas mal de choses là-dessus.

— Je sais ce que tu veux dire, mais c'est pas comme ça. Ma mère a jamais vraiment parlé contre lui, pas méchamment en tout cas. Je sais pas… Elle avait l'air toute vulnérable.

— Hum, peut-être qu'elle l'aime encore.

Le corps d'Annick devient tendu.

— Dis pas ça!

— Pourquoi?

— Parce que… Dis pas ça, c'est tout!

Thomas la regarde étrangement.

— Si tu savais à quel point et combien de temps j'ai souhaité qu'ils reviennent ensemble!

Là, j'ai enfin accepté que ça se produira jamais, alors commence pas à me mettre des idées de même dans la tête !

— Te fâche pas, j'essayais juste de t'aider à comprendre.

Annick pose sa tête sur son épaule.

— Excuse-moi, c'est mal sorti. Merci de vouloir m'aider.

— De rien. Changement de sujet : j'ai quelque chose de majeur à t'annoncer…

Thomas profite de la période libre du cours d'informatique pour parler de son projet à son professeur. Plus qu'honoré d'être son premier choix, Jean-François est très emballé par l'idée, et sa contribution est immédiate.

— Bon, voyons ce que tu dois mettre dans ta lettre. Premièrement, tu dois exposer l'idée générale de ton projet et décrire tes motivations. Pourquoi tu veux faire ça, qu'est-ce que tu veux accomplir, etc. Sois bref et précis, n'écris pas un roman. Tu dois capter tout de suite l'attention de la personne qui lit la lettre. C'est primordial aussi de mentionner que je te parraine, que je me suis engagé à t'aider pour l'organisation et que je vais te suivre au fil des étapes, surtout en ce qui concerne la collaboration avec les autres écoles. J'ai déjà en tête deux potes qui enseignent près d'ici, alors ça ne devrait pas être un problème. Vas-tu avoir besoin d'un coup de main pour ta page Web ? Est-ce que c'est toi qui t'en charges ?

— Non, William veut absolument le faire avec son père, alors je veux pas lui enlever ça.

— C'est bon. Je connais bien Denis, disons que William est entre bonnes mains au point de vue informatique. Tu m'as dit que tu visais Noël, c'est ça ?

— Oui, c'est serré, hein ?

— Un peu. Tu sais que ça va empiéter pas mal sur ton temps libre, hein ? Est-ce que t'es prêt à ça ?

Thomas hésite.

— Je pense bien. Ça va pas être facile, mais… je vais faire tout mon possible pour réussir. Je me dis que, d'une manière ou d'une autre, c'est pour une bonne cause, alors ça vaut la peine d'en arracher.

Jean-François lui ébouriffe les cheveux.

— Je te dis que t'es tout un personnage, toi, Thomas Hardy. Douze ans, j'en reviens pas !

Le commentaire flatte énormément le garçon qui, soyons honnête, commence à se surprendre lui-même. Son professeur poursuit :

— « Les bravoures de Thomas Hardy »… J'adore ! Je te le dis, je vois très bien que ça te passionne, mais je te jure que je suis presque aussi énervé que toi en ce moment! On est pareils, je vais sûrement avoir de la misère à dormir ce soir!

— Oh, désolé…

— Mais non, c'est une bonne chose! Une TRÈS bonne chose! Je vais essayer de m'occuper au plus vite des questions d'entreposage et de transport. C'est le genre de choses qui va probablement être un peu compliqué pour toi. Faudrait aussi voir si on peut obtenir une aide financière pour établir un budget. C'est clair qu'il va y avoir des dépenses cachées dans tout ça. Faudrait pouvoir les assumer sans trop de misère.

— Si c'était l'été, on aurait pu faire un lave-auto…

— Oui, c'est pas bête comme idée, même qu'il n'est pas nécessairement trop tard. Hum… j'en ai une meilleure par contre. Tu dois sûrement avoir des scènes que tu n'as pas mises dans le montage de ta vidéo du bal? Vous avez certainement filmé les coulisses, les préparatifs. Des *bloopers* peut-être?

— Oui, quand même! On a beaucoup niaisé devant les caméras pour s'enlever du stress pendant la journée. Il y a effectivement des moments assez drôles.

— Parfait! Qu'est-ce que tu dirais de vendre des DVD signés par votre bande, avec des scènes inédites? Tu pourrais les vendre dix ou quinze dollars.

— Wow ! T'es ben génial !

— Ça valait la peine de venir m'en parler, hein ?

Il s'agit bien sûr d'une question rhétorique.

TREIZE

Le jeune organisateur s'apprête à écrire la première ligne de sa lettre lorsque William arrive avec la collation traditionnelle d'après-école et le restant de sa récolte d'Halloween.

— Ça va nous donner de l'énergie! dit-il en déposant les friandises sur le bureau.

— Ou te rendre fou comme l'autre fois…

Thomas prend un air théâtral.

— William, il faut qu'on se parle. Ta consommation de sucre est devenue un problème. Je me fais du souci pour toi, mon grand.

Son ami embarque aussitôt dans son jeu.

— Je sais mais… c'est tellement difficile d'arrêter!

— T'es… en train… de nous… DÉTRUIRE!

— Hahaha! Tu devrais jouer dans un téléroman!

— CHANGE PAS DE SUJET! s'écrie Thomas avec une hargne tout à fait crédible. REGARDE-MOI!

William garde ses yeux ouverts jusqu'à ce qu'ils deviennent larmoyants, puis les deux garçons s'esclaffent. Thomas se remet face à l'écran d'ordinateur.

— Bon, on passe aux choses sérieuses ! Ça devrait pas être trop compliqué, Jean-François m'a dit quoi écrire. Faut juste le faire dans nos propres mots.

— Avant qu'on commence, est-ce que je peux te demander quelque chose ?

— Vas-y.

— Pourquoi Ernesto m'aime pas ?

— Pourquoi tu dis ça ?

— Parce que ça paraît. Genre, c'est à moi qu'il parle le moins, pis on dirait que ses blagues ont toujours un p'tit fond de sérieux. Avec Karl, c'est le contraire, il l'encourage au lieu de le descendre, pis il prend toujours sa défense.

— Ben, c'est normal d'avoir des atomes crochus avec certaines personnes et pas avec d'autres, mais de là à dire qu'il t'aime pas... t'exagères, je pense.

— Moi, je le sens comme ça en tout cas.

— Pourquoi tu lui demandes pas directement ?

— T'es malade ?

— Quoi ? Profite d'un moment où vous êtes tout seuls et parle-lui, il va pas te manger.

— Je ne serais pas capable, ça me mettrait trop mal à l'aise.

— Bon, alors tu veux que je lui demande à ta place, c'est ça ?

— Oui, mais subtilement, OK ? Je veux pas qu'il sache que ça vient de moi.

Thomas roule les yeux.

— Ça fait fifille un peu, non ? Tant qu'à y être, je pourrais lui écrire la question sur un p'tit bout de papier avec des cases séparées pour le « oui » pis pour le « non »…

— Très drôle. Mais sérieusement, est-ce que tu peux faire ça pour moi ?

— Ben oui, promis.

— Oh, merci. C'est pour le bien du groupe, mec, c'est pour le bien du groupe !

— Si tu le dis…

Après plusieurs faux départs et une tonne de révisions, les garçons terminent ENFIN la lettre.

— Rappelle-moi de plus jamais écrire quoi que ce soit d'important en ta présence, mon Will.

— Pourquoi ?

— Parce que t'es plus une distraction qu'autre chose. Ça arrête jamais dans ton cerveau, hein ?

— Hum, pas souvent !

Thomas rigole et frotte affectueusement l'épaule de son copain comme pour lui assurer qu'il plaisante.

— C'est correct. Faire le montage des scènes supplémentaires et monter le site Web, ça va être plus dans ta branche.

— Tu l'as dit, bouffi ! Mais pour ce qui est du site, ça sera rien de majeur quand même… J'espère que tu t'attends pas à un look ultra professionnel. Mon père va me donner un coup de main, mais je vais travailler seul la plupart du temps. Ça reste quand même nouveau pour moi…

— Franchement, je suis pas obsédé à ce point-là. Ça servirait à rien de toute façon, il faut garder ça simple.

— Cool, je peux commencer à travailler dessus ce soir !

— Parfait, le plus tôt sera le mieux.

— Yé !

Thomas lève les deux pouces, puis relit sa lettre. Voilà qui devrait convenir, ne reste plus qu'à la remettre à son ennemi juré et espérer ses bonnes grâces. Mais y a-t-il vraiment matière à s'inquiéter, étant donné la qualité du projet et l'appui de Jean-François ? Et puis, la tirade enflammée de son père, toute fraîche dans la mémoire du directeur, pèsera sûrement dans la balance.

— Une bonne chose de faite. Maintenant, si on s'occupait du DVD. Will, ouvre le fichier original de notre vidéo, s'il te plaît, qu'on choisisse les scènes.

William obéit.

— Penses-tu pouvoir faire le montage avec ton père ?

— Je pense bien pouvoir me débrouiller tout seul. De toute façon, on les met telles quelles, pas besoin que ça soit super artistique ?

— Exact. Au pire, trouve un titre pour chacune, mets des fondus au noir, rien de trop compliqué.

— Oui, commandant !

— Haha ! Non, c'est trop de pression, ça ! « Mon bon ami Thomas », c'est suffisant.

William sourit.

— Pis pour le menu du disque, on fait quoi ?

— Je te fais confiance, déchaîne-toi.

Même si les parents de William insistent pour le garder à souper, Thomas opte plutôt pour le réconfort de son propre foyer et profite du repas familial pour confirmer la mise sur pied de son projet. La fierté de ses deux géniteurs est grande ; même Charles, habituellement méchant, n'ose pas dire un seul mot pour dénigrer le projet de son frère. Diane lit la lettre, puis se lève pour la mettre à l'abri de la nourriture.

— C'est vraiment bien écrit, mon grand, bravo. Tu t'es beaucoup amélioré en français, tu dois tenir de moi…

Les qualités de Thomas semblent toujours venir de sa mère.

— Ben, disons que je me suis servi du système d'autocorrection, sinon il y aurait eu plus de fautes.

— Mais quand même, tu as une bonne syntaxe.

— Je me suis fié à des exemples de lettres de présentation sur Internet, c'est pour ça qu…

— TU ES BON EN FRANÇAIS LÀ, OK? Ça va faire, l'humilité!

Xavier s'étouffe presque avec son pain et jette un tendre regard à sa femme.

— Quoi? demande-t-elle en faisant des efforts pour ne pas sourire. J'ai bien le droit de trouver que mon fils est bon! Et intelligent!

Thomas porte sa main à son oreille pour l'inviter à poursuivre, ce qu'elle fait:

— Et talentueux… et charmant… et beau!

— Pis moi? demande Jasmine d'un air piteux.

Thomas la pointe du doigt.

— Toi, finis ta soupe, princesse du mal! C'est MA séance de compliments!

— C'est pas juste! s'écrie-t-elle.

— On voit c'est qui, le chouchou, en tout cas, maugrée Charles avant d'engloutir le reste de son assiette.

Diane le corrige aussitôt:

— Ça, ce ne sont pas tellement des commentaires appropriés pour un jeune homme majeur, Charles. Disons que tu n'as pas à te plaindre non plus en matière de soutien parental, on s'entend?

— C'est quoi, le rapport?

— Premièrement, on n'a pas manqué un seul de tes matchs de baseball ou de hockey, quitte à faire garder ton frère et ta sœur quand c'était le soir. On a toujours assisté à tes remises de prix et parlé de toi à tout le monde comme de notre grande réussite. Faut savoir tendre le flambeau à un moment dans la vie…

— Bon, c'est quoi, la grosse morale, là ? C'est pas ma faute si je faisais autre chose que jouer à des jeux vidéo !

— Justement, c'est pour ça qu'on félicite Thomas ! Je sais pas si tu as remarqué, mais on ne l'a jamais applaudi en le regardant jouer à Mario Bros.

Charles hausse les épaules et dévisage son frère qui n'attend pas pour en rajouter :

— Si tu penses que frapper une balle ou pousser une rondelle, c'est plus important que de donner aux autres, je te conseille de revoir tes priorités !

— Tu te prends pour qui, là, le mongol, hein ?

Xavier intervient doucement :

— Les gars, on se calme.

— Je me prends pour quelqu'un qui donne le sourire aux gens ! Grand-maman se porte beaucoup mieux depuis le bal. Elle a repris goût à la vie !

— Me semble, oui ! Dans ton imagination peut-être ? Comme ton nouveau projet qui fonctionnera pas !

Xavier hausse le ton :

— Je vous ai demandé de vous calmer, ne commencez pas !

— OK, propose Thomas, si je réussis, tu dois faire tes valises pis plus jamais revenir ici ! C'est bon pour toi ça, mon grand dadais arriéré ?

— Je vais t'étamper dans le mur si tu te la fermes pas, p'tit morveux !

Xavier abat fermement son poing sur la table.

— ÇA VA FAIRE ! JE NE VEUX PLUS ENTENDRE UN MOT SORTIR DE VOS BOUCHES ! On n'a pas besoin de compétition malsaine entre les membres de la famille, il y en a assez dans le vrai monde ! On vous aime tous les trois de manière égale, tout le monde est beau, tout le monde est fin ! C'est d'accord ? Bon !

Plutôt efficace.

— C'est quand même dommage, ajoute-t-il sur un ton plus doux, l'ambiance était bonne, on avait du plaisir. Vous allez me faire mourir, vous deux, à un moment donné… Sans blague.

Xavier secoue légèrement la tête en signe de déception et poursuit son repas. Ce n'est pas la première fois que la relation tumultueuse entre les deux frères envenime une activité familiale et, bien qu'il en soit rarement l'instigateur, Thomas ne peut s'empêcher de ressentir une certaine culpabilité. Les commentaires de Charles ainsi que le ton de sa voix l'irritent et le font réagir malgré lui.

Il repense alors à Olivier et à leur dernière discussion. Si ce dernier avait des raisons de lui en vouloir, en est-il de même pour son grand frère? Thomas aimerait pouvoir lui parler aussi facilement qu'à son ami des vieilles rancunes qui les rongent, mais malheureusement le gouffre qui existe entre eux semble beaucoup plus profond. Leur différence d'âge y est pour quelque chose, certes, mais ce n'est pas la seule raison. Un jour, peut-être, avec un peu de recul...

Plus tard, alors que Thomas s'apprête à se coucher, Xavier cogne à sa porte et vient s'asseoir sur son lit.

— Désolé d'avoir crié tantôt, je sais que Charles peut être vraiment fatigant, et je te comprends de réagir comme ça, des fois.

— C'est correct, on le méritait.

— Tu sais, il faut que tu arrêtes de prendre ses paroles trop à cœur. Au fond, je suis certain qu'il t'admire.

— M'admirer? Drôle de façon de le montrer...

Xavier rit doucement et gratte Freddy derrière les oreilles.

— Regarde, tu as devant toi un gars qui a grandi avec deux grands frères et une grande sœur, alors laisse-moi te dire que je suis passé par là. Il y a toujours un peu de rivalité parmi les enfants d'une famille, même si, au fond, ils s'aiment. Crois-moi, s'il t'arrivait quelque chose, Charles serait le premier à se porter à ton secours.

— Pfft, me semble, oui…

— Je suis sérieux.

— OK, mais c'est quoi, son problème, s'il m'aime tant que ça?

— C'est dur à expliquer, ça remonte probablement à loin. Il a passé six ans à recevoir toute notre attention avant de se faire voler la vedette par son p'tit frère. Je me rappelle que c'était un problème à l'époque. Son comportement a beaucoup changé quand tu es arrivé, et il a fallu qu'on prête une attention particulière à vos interactions. Ça s'est amélioré au fil du temps, mais on dirait que, depuis un an, c'est redevenu comme avant.

— Pourquoi, tu penses?

— Peut-être parce que tu vieillis et qu'il se sent menacé.

— Menacé par quoi?

— Je ne sais pas, je trouve ça absurde, en fait. Mais bon, J'ESSAIE de comprendre du mieux que je peux. Et comme il parle pas beaucoup de ses sentiments, c'est pas évident. Je veux juste que, de ton bord, tu fasses preuve de maturité et que tu te concentres sur tes beaux projets qui, en passant, sont vraiment extraordinaires. Tu comprends ce que je te dis? Ne perds pas d'énergie à chercher son approbation, ça va venir tout seul.

— OK, je vais faire de mon mieux.

— C'est tout ce que je te demande. Tiens, au fait, il paraît que ta p'tite blonde est pas mal mignonne!

— Oui, mais je vous l'ai dit, c'est pas ma blonde.

— Peu importe, je les vois bien, les étincelles dans tes yeux, quand elle appelle ici.

— Bon, regarde-le, l'autre!

— Quoi? T'es gêné de parler de ça avec ton père?

— Non, j'aime juste garder ces choses-là pour moi, c'est tout.

— Comme tu veux, mais si jamais t'as besoin de conseils ou de quoi que ce soit du genre, n'hésite pas à venir me voir. Je connais une chose ou deux sur les femmes.

— J'en prends bonne note.

— Bonne nuit, mon homme. Bonne nuit, Freddy.

— Bonne nuit, papa.

Les dernières pensées de Thomas sont pour Annick et sa petite famille, qu'il se plaît à imaginer réunie et heureuse comme l'est la sienne. Enfin, la plupart du temps…

QUATORZE

Aujourd'hui, Thomas ressent beaucoup moins d'anxiété à attendre devant le bureau du directeur. Cette fois, personne ne l'a surpris en train de danser sur un toit ou de tirer la langue à un enseignant. Néanmoins, une certaine méfiance envers ce personnage antipathique continue de l'habiter et il se prépare au pire. Lorsque monsieur Sigouin lui fait signe de venir, le garçon prend une grande inspiration et entre dans son bureau en tenant fermement sa précieuse lettre.

— Qu'est-ce que je peux faire pour vous, monsieur Hardy?

— J'ai un projet à vous soumettre. Tout est écrit là-dessus.

L'homme tend la main et saisit sèchement la lettre. Il la lit ensuite rapidement à voix haute en sautant plusieurs mots à la fois.

— C'est un projet ambitieux, dit-il avec une touche d'incrédulité dans la voix.

— Oui, mais je suis certain que c'est réalisable.

— Ah bon, et qu'est-ce qui vous fait dire ça?

— Ben, je pense que les gens vont embarquer... pis j'ai une bonne équipe. Jean-François m'a promis d...

— MONSIEUR Gagné, vous voulez dire...

— Euh... oui, désolé. Monsieur Gagné m'a promis de m'aider, pis il connaît des professeurs qui travaillent dans d'autres écoles. Ils vont pouvoir gérer ça de leur côté. Comme je l'ai écrit dans la lettre, ma vidéo est très populaire sur Internet en ce moment, et je pense que ça peut beaucoup aider pour aller chercher un grand nombre de personnes.

— Ah oui, la fameuse vidéo...

— Écoutez, monsieur, je sais que vous l'avez pas beaucoup aimée... sauf que, cette fois-ci, c'est vraiment pour une grande cause. Le résultat va profiter directement à des gens qui sont dans le besoin. Vous pouvez pas dire non à ça !

Le directeur se raidit aussitôt.

— Pardon ? Je peux pas faire quoi ?

— Désolé, c'est mal sorti. Je voulais juste dire que ce serait dommage de refuser mon projet, parce qu'il s'agit d'aider les plus démunis.

— Je vois...

Le directeur regarde de nouveau la lettre, puis se lisse la moustache.

— Et je devrais aussi vous autoriser à vendre des DVD dans l'école, c'est ça ? Des DVD d'un film dont je n'approuve pas le contenu ?

— Écoutez, tout le monde l'a déjà vu de toute façon. Et, honnêtement, une grande majorité des gens l'aiment, même les parents. Surtout que tous les profits vont aller à la collecte. Pas un sou de moins, juré craché. Ben, pas craché, mais juré en tout cas.

— Bon, c'est à considérer. Vous êtes conscient que je ne peux pas prendre seul ce genre de décision, n'est-ce pas? Étant donné l'ampleur du projet, je dois d'abord en aviser le conseil d'administration.

— OK, mais est-ce que ça va être long avant d'avoir une réponse?

— Ça prendra le temps que ça prendra.

— Oui… mais c'est juste que le temps passe vite, il faudrait q…

— Ça prendra le temps que ça prendra, répète monsieur Sigouin.

— Bon, ben… merci.

Le directeur se contente d'un sourire forcé.

— Passez une belle journée, monsieur, ajoute Thomas.

— Fermez la porte derrière vous en sortant.

Dès qu'il se retrouve dans le couloir, le garçon a un mauvais pressentiment. *Le comité va probablement vouloir*, se dit-il pour se rassurer. *Dans le fond, c'est sûr…*

Tandis que Thomas et Karl font la file à la cafétéria, William se pointe derrière eux avec un air désemparé.

— Qu'est-ce que tu fais ici ? T'as pas ton lunch ? lui demande Karl.

— Non ! Je me suis fait piquer ma boîte en métal, je capote ! Je l'ai posée par terre pendant que je fouillais dans ma case et quand je suis arrivé pour la prendre, elle n'était plus là !

— Pour vrai ? C'est poche, ça !

— Elle était rare en plus. C'était une…

— On le sait, l'interrompt Thomas, tu nous l'as déjà dit : une édition spéciale limitée à trois cents exemplaires. Est-ce que t'as assez d'argent pour t'acheter quelque chose à manger ?

— Oui, ils m'en ont prêté au secrétariat. Ça gosse vraiment ! En plus, c'est mon père qui me l'a donnée au début de l'année. C'était son super-héros préféré quand il était jeune parce qu'il…

— Parce qu'il a été créé l'année de sa naissance. Ça aussi, tu nous l'as déjà dit.

— Oh, excuse. En tout cas…

— As-tu travaillé un peu sur le montage ?

Sublime changement de sujet.

— Oui, j'ai trouvé toutes les scènes, mais mon père avait pas le temps de m'aider. Il m'a dit qu'on ferait ça ce soir.

— Parfait !

William soupire, incapable de penser à autre chose qu'à sa boîte volée.

— Euh… de quel montage vous parlez, au juste? demande Karl à Thomas.

— Oh, on va rajouter des scènes drôles à notre film pour vendre des copies en DVD.

— Pourquoi? C'est gratuit sur YouTube…

— Justement! C'est pour ça qu'on rajoute un petit extra. On va les autographier aussi, comme de vraies vedettes!

— Mais pourquoi?

— Pour ramasser de l'argent…

Karl a toujours l'air confus.

— … pour la collecte! s'exclame Thomas.

Son copain comprend enfin.

— Ah oui! J'allais oublier! Mes parents acceptent encore de nous commanditer!

— Cool!

— Oui, ils vont laisser des paniers à l'entrée du restaurant pour que les gens déposent de la nourriture non périssable et mettre de côté la moitié des pourboires pour en acheter d'autre.

— Tes parents sont vraiment trop gentils, j'en reviens pas!

La fierté familiale traverse le corps de Karl comme un grand frisson. De l'autre côté des caisses, Ernesto salue ses amis.

— Hé, *amigos*! Regardez ma nouvelle boîte à lunch! Vous êtes jaloux, hein?

Il brandit la boîte de William et la fait scintiller sous la lumière des néons. Celui-ci quitte aussitôt la file en courant pour rejoindre le blagueur. *C'est hier que j'aurais dû parler à mon p'tit Mexicain…*, se dit Thomas en observant l'affrontement.

— T'es vraiment con! s'écrie William en arrachant le précieux objet des mains d'Ernesto.

Ce dernier n'offre aucune résistance, mais son regard est moqueur.

— Relaxe, tu réagis comme si j'avais touché à ta copine! C'est juste un objet, *amigo*, tu t'attaches trop aux objets.

— C'est pas de tes affaires, à quoi je m'attache, OK? J'ai pas besoin de toi pour me faire la leçon!

— C'était une petite blague, tu te calmes?

— Ah oui? Ben, elle est pas drôle pantoute, ta blague!

Ernesto regarde Thomas avec un air surpris tandis que William détale en direction de leur table habituelle.

Inutile de mentionner que la tension est palpable durant tout le dîner. Pour la première fois de sa courte existence, le moulin à paroles qu'est William Lévesque reste dans sa bulle et ne dit pas un seul mot. Quant à lui, l'auteur du gag semble peu repentant, mais comme ses amis n'ont pas l'air d'avoir apprécié le coup, il évite d'en rajouter.

Lorsqu'ils ont terminé leur repas, Thomas invite Ernesto à l'accompagner aux cases et, dès qu'ils mettent les pieds au sous-sol, il lui révèle la véritable raison de sa demande.

— Explique-moi quelque chose : qu'est-ce que tu reproches à Will, au juste ? Pis dis-moi pas « rien », parce que ça paraît, qu'il te dérange.

— Bah ! lance Ernesto à la blague. Moi qui pensais que tu voulais juste passer un peu de temps seul en compagnie de ton meilleur ami…

— Est-ce que c'est ça, le problème ? Ça te gosse, qu'on soit toujours les quatre ?

Ernesto hésite, réalisant soudainement que la conversation est sérieuse.

— Un peu. Mais c'est pas grave, *amigo*, on n'est pas obligés de parler de ça.

— On n'est pas obligés, mais ça serait mieux qu'on le fasse. En fait, c'est Will qui me l'a demandé.

Oups ! Voilà une information qu'il n'était pas censé révéler.

— Vraiment ?

— Oui. Hier, il m'a parlé de votre relation : il a l'impression que tu t'acharnes sur lui et il se demande pourquoi.

Comme il connaît déjà assez bien son ami, Thomas n'est pas du tout étonné de voir que, formulée de cette manière, la critique ne le laisse pas indifférent. En effet, le petit air sarcastique d'Ernesto s'est déjà transformé en une expression sincère de regret.

— Je sais pas, finit-il par répondre. Il y a quelque chose chez lui qui me tape sur les nerfs.

— Bon, ça, j'ai pas TROP de misère à l'imaginer, mais quand même… il a des belles qualités, ce gars-là. Pis c'est surtout un ami fidèle. L'as-tu déjà entendu parler contre quelqu'un ?

— Non, j'avoue. C'est pas que je le déteste, c'est juste que…

Ernesto réfléchit un instant.

— … on dirait qu'il a tout. Voilà.

— Tu veux dire sur le plan matériel ?

— Oui, genre il a comme un million de jouets, il a tous les gadgets électroniques du monde et il reçoit constamment des cadeaux de ses parents. En plus, c'est toujours des objets « importants » et « rares » et « édition limitée », comme la boîte à lunch qui l'a presque fait pleurer. Prends la journée d'Halloween par exemple : il était le seul avec un costume de qualité, alors que, nous, on a dû se fabriquer les nôtres par nous-mêmes. Il aurait pu jouer dans un film, tellement le sien était réussi !

— Pis ça te dérange ?

— Honnêtement ? Oui ! On dirait qu'il se rend pas compte de tout ce qu'il a et ça me donne envie de vomir des fois. Tu comprends ? Moi, j'ai été pauvre toute ma vie, j'ai appris la valeur des choses. Pas lui. Il en voudra toujours plus! Tu comprends?

— Je comprends ce que tu veux dire, mais je suis pas tout à fait d'accord. Il connaît bien la valeur de ses choses, même qu'il leur en accorde souvent beaucoup trop. J'admets qu'il est particulièrement choyé, mais c'est pareil pour moi, tant qu'à y être. Mes parents ont pas mal d'argent, pis moi aussi je suis gâté!

Bon point.

— Non, toi, c'est différent.

— Pourquoi?

— Toi, tu cherches pas toujours à le montrer.

Bon point.

— Oui, mais tu penses pas qu'il compense pour autre chose? Disons qu'il a pas le profil idéal du gars populaire…

— Hum… tu as peut-être raison.

— C'est drôle, d'habitude c'est toi qui connais bien le comportement des gens. Là, on dirait que, vu que ça vient te chercher personnellement, tu vois pas clair.

Thomas se gratte la tête, ne voyant pas comment régler le problème. Heureusement, son bonheur importe beaucoup à celui qu'il considère désormais comme son «meilleur ami»; il n'est donc pas étonnant que celui-ci prenne les choses en main.

— Je vais m'excuser, promet-il. Je vais tout arranger.

— Merci, mec, je savais que je pouvais compter sur toi.

Ernesto sourit, ravi de cette petite mise au point.

— Peut-être qu'il serait temps qu'on se voie juste nous deux, poursuit Thomas. On pourrait faire quelque chose de cool ensemble en fin de semaine.

— Ça, c'est la chose la plus intelligente que tu aies dite aujourd'hui, *amigo*…

— Haha! Celle qui fait le plus ton affaire, en tout cas!

Les deux amis se serrent la main et retournent d'un pas léger rejoindre leurs copains à la cafétéria. Sans hésiter, Ernesto s'excuse auprès de William et lui redonne par le fait même son sourire… et sa langue. Celui-ci profite en effet de cette belle résolution de conflit pour raconter en détail un épisode des X-Men, au grand plaisir de ses camarades qui, tout compte fait, l'apprécient tel qu'il est.

QUINZE

Le vendredi suivant, William se présente devant ses amis avec une surprise de taille : un DVD terminé, dans une pochette au look professionnel comme on en trouve dans les magasins. La couverture est une photographie prise durant l'événement et sur laquelle on peut voir les quatre amis assis à table, le visage grossièrement peint en bleu, grimaçant devant l'objectif. Dès qu'il pose les yeux sur le disque tant attendu, Thomas se l'approprie comme s'il s'agissait d'un cadeau étiqueté à son nom. Ce qui est presque le cas, en fait, puisqu'en grosses lettres orange apparaît cette inscription :

Les bravoures
de
Thomas Hardy

Volume 1
Avieutar

— Hahaha ! Avieutar ! s'exclame Thomas, fier comme un paon. Je capote, c'est trop bien fait !

— Regarde en arrière ! lui dit William avec enthousiasme.

On peut voir au verso un plan d'ensemble de la salle pendant le bal, ainsi qu'une description du contenu et quelques images miniatures tirées des scènes additionnelles.

— Sérieux, vous avez fait ça comme de vrais pros. Tous les DVD vont être aussi beaux ?

— Oui, mon père a une boîte remplie de pochettes vides achetées dans une vente de garage. En plus, il peut prendre des disques vierges à volonté à son travail, pis l'impression en couleur est aussi gratuite. Il restait juste à faire le design de la pochette sur Photoshop.

— Est-ce qu'on peut en garder un pour nous-mêmes ? demande Karl.

— Ben oui, c'est sûr !

— Tiens, lui offre Thomas, prends celui-là si tu veux.

— Wouhou !

Ernesto, conscient qu'il doit tranquillement se racheter, prend soin de complimenter son ami :

— T'as du talent, mon gars. C'est très bien fait.

Le commentaire touche énormément William.

— Merci, *amigo*. Thomas, est-ce qu'on a le feu vert pour commencer à les vendre ou ça branle encore dans le manche ?

Le regard de Thomas s'assombrit un peu.

— Pas encore, mec. Je trouve ça louche, d'ailleurs.

— Qu'est-ce que tu veux dire ?

— Je sais pas, je lui fais pas trop confiance, à monsieur Sigouin. J'aurais peut-être dû faire ma demande au directeur du deuxième cycle en fin de compte, comme pour la présentation le jour de l'Halloween.

— Pourquoi tu l'as pas fait ?

— Ben, l'autre fois, Sigouin était pas encore arrivé à son bureau, alors j'avais une bonne excuse. Là, ç'aurait mal passé à mon avis. De toute façon, je suis certain qu'on m'aurait renvoyé à lui, alors je suppose que j'avais pas vraiment le choix.

— Tu pourrais aller le voir maintenant pour en avoir le cœur net, propose Ernesto.

— Ouin, disons que j'essaie de limiter nos rencontres le plus possible, mais t'as raison, le temps passe vite, pis je peux pas laisser ça moisir.

Aussitôt dit, aussitôt fait : Thomas quitte le groupe et se rend au bureau de l'ennemi pour demander des comptes.

Dès que monsieur Sigouin l'aperçoit, le sourire que suscitait son interlocuteur téléphonique disparaît de son visage. Bien que son attitude ait changé du tout au tout dans les jours qui ont suivi l'intervention de Xavier, la poussière est maintenant retombée et il semble plus malveillant que jamais. Se rappelant les explications de son père quant à l'homme derrière le masque de l'autorité, Thomas évite de se sentir personnellement visé par l'attitude du directeur et se concentre plutôt sur sa tâche.

— Oui ? demande monsieur Sigouin lorsqu'il finit par raccrocher le combiné.

— Euh… c'est au sujet de la collecte. Je voulais savoir si vous aviez eu des nouvelles.

— Pas encore, répond l'homme en cessant de regarder Thomas pour se concentrer sur sa paperasse.

— Euh… ben comme je vous l'ai dit, ça presse, pis, nous, on est déjà prêts pour la vente des DVD.

Agacé, monsieur Sigouin lève les yeux et lui fait signe d'en venir au but.

— Je voulais juste savoir si ça va prendre encore beaucoup de t…

— Bon, l'interrompt le directeur, écoutez-moi bien, jeune homme : est-ce que vous voyez la pile de feuilles qu'il y a sur mon bureau ?

Thomas acquiesce.

— Parfait. Eh bien, ce sont toutes les choses importantes qui méritent mon attention et qui occupent mon temps. Je suis juste une personne, moi ! Je ne peux pas être partout à la fois et faire tout en même temps ! Le comité va me donner sa réponse quand il va y en avoir une, un point, c'est tout ! Est-ce que c'est clair pour vous ou je dois vous faire un dessin, là, sur le tableau ?

— C'est clair, monsieur.

Faisant abstraction de sa réponse, monsieur Sigouin continue ce qui semble être une véritable démonstration d'ego en dessinant, au marqueur non permanent, un point dans un énorme cercle.

— Ça, monsieur Hardy, c'est vous et vos besoins, dit-il en soulignant le minuscule point noir. Et ça, c'est le vaste monde autour de vous. Vous comprenez ?

— Je pense que oui. Ce que vous me dites, c'est que je suis vraiment le centre de l'univers, c'est ça ?

Le directeur, honteux de s'être fait avoir à son propre jeu, laisse tomber le marqueur et se rassoit.

— En passant, vous n'avez pas de devoirs, d'examens à préparer ? Quelque chose d'autre à faire que de m'importuner ?

— Oui, mais ça change rien au f…

— Alors, s'il vous plaît, pour l'amour de Dieu, faites votre travail d'étudiant et laissez-moi faire mon travail de directeur…

— Oui, mais…

— En paix !

Profond soupir, épaules qui s'affaissent : Thomas est prêt à abandonner la partie. Cependant, tandis qu'il s'apprête à sortir de la pièce, il aperçoit dans la corbeille sa lettre à peine froissée, reconnaissable au papier de fantaisie sur lequel il l'avait imprimée. Il se penche aussitôt pour la ramasser, et la colère lui inonde les tempes. Pris la main dans le sac, le directeur s'affole :

— Posez ça tout de suite ! Fouiller dans la poubelle de son directeur, franchement !

— C'est ma lettre, ça, vous l'avez jetée !

Monsieur Sigouin se met à patiner :

— Je… je n'ai pas besoin de… hum… de la lettre pour faire une demande au comité ! Tout est sous contrôle, j'y suis allé en personne et…

Il réalise que Thomas n'est pas dupe ; il poursuit néanmoins :

— … j'ai dit de très bons mots pour le projet. De très bons mots ! Quand même, il ne faut pas partir en peur là…

Le triste personnage rit ensuite de ce faux rire qui le rend encore plus détestable. Thomas, les paroles de son père encore fraîches à sa mémoire, s'avance vers lui d'un pas indigné.

— Écoutez, monsieur, je vais vous donner le bénéfice du doute, mais vous savez aussi bien que moi que ce serait très mauvais pour votre réputation si les gens apprenaient que vous avez jeté ma lettre comme ça, surtout qu'il s'agit d'une bonne cause. Tout ce que je veux, c'est avoir la chance de réaliser mon projet, que vous m'aimiez ou pas!

— Voyons, mon cher Thomas…

— MONSIEUR Hardy!

Si le garçon se sent maintenant gigantesque, le quadragénaire rapetisse quant à lui à vue d'œil. Ce que Thomas ignore, c'est que son charmant directeur n'en est pas à ses premiers démêlés avec le comité de parents et qu'il marche sur des œufs.

— Lundi, c'est promis. Encore un malentendu. En tout cas, on n'est vraiment pas chanceux, vous et moi…

Encore ce petit rire crasseux.

— Oui, c'est ça…, répond Thomas avant de quitter son bureau. Bonne journée!

Le cœur qui bat encore à toute allure, il retourne voir ses amis sans leur souffler mot de ce qui vient de se produire. *Problème réglé*, se dit-il, *vaut mieux pas en rajouter.*

Durant les cinq dernières minutes avant la cloche finale, le pupitre de Thomas et le plancher se transforment en instruments de percussion alors qu'il les tapote anxieusement avec les mains et les pieds. Plutôt difficile de se concentrer quand la fille de vos rêves vous a donné rendez-vous. En plus de s'imaginer en compagnie d'Annick, il pense à ce baiser qui pourrait se re-produire : une probabilité mathématique lui procurant l'excitation constante de celui qui sait qu'il peut gagner le jackpot. Et, bien que chacun des deux amis joue à merveille la carte de l'indé-pendance, ils se donnent assez de signes d'intérêt pour savoir qu'ils se plaisent mutuellement, tout en laissant le temps qu'il faut à la relation pour se bâtir. Un vent de fraîcheur, cette relation, en ce monde pressé de tout faire…

Madame Marquette, habituée au côté luna-tique de son élève favori, semble fascinée par ce qui se passe dans sa tête. Thomas n'est donc pas étonné lorsqu'elle lui fait signe de venir à son bureau tandis que les autres jeunes quittent le local.

— Comment ça va, Thomas ?

— Bien, pourquoi ?

— Tu n'avais pas l'air très présent aujourd'hui.

— Oh… euh… à vrai dire, j'ai beaucoup de choses à penser ces temps-ci.

— Est-ce qu'il y a quelque chose qui te perturbe?

— Oui et non, mais plus non que oui.

— Tu sais que tu peux me parler, hein? De n'importe quoi!

Ce qui veut plutôt dire : « J'aimerais ça, que tu me parles, parce que je suis extrêmement curieuse.»

— Oui, je sais. C'est gentil, mais j'ai pas vraiment grand-chose à dire.

— J'ai beaucoup entendu parler de toi récemment, depuis la présentation de ton film en fait. Je l'ai fait jouer dans la salle des professeurs, et la plupart en ont été très impressionnés. Ça émeut beaucoup de gens, est-ce que tu le réalises?

— Oui, quand même, surtout quand je lis les commentaires que le monde écrit. On est rendus à presque trente mille vues sur YouTube!

— Wow, c'est quelque chose, ça! Félicitations!

— Merci. Ça fait drôle parce que, même au collège, notre statut a comme changé. C'est moins intense que dans les jours qui ont suivi, mais il y a encore plein de monde que je connais pas qui me salue dans les corridors.

— Et qu'est-ce que ça te fait? Comment te sens-tu?

— Bien. Mieux qu'en début d'année, en tout cas.

— Oui, j'ai remarqué le changement en toi. Tu as pris beaucoup de confiance.

Thomas sourit.

— Dis-moi, qu'est-ce que tu dirais d'accorder une entrevue pour le journal *La Presse*?

— Hein? Comment ça?

— J'ai parlé de ton exploit à mon frère qui est journaliste, je lui ai aussi montré ta vidéo. Il a trouvé ta démarche très intéressante et il aimerait te rencontrer pour écrire un article. Serais-tu d'accord?

Les yeux ébahis de Thomas pourraient très bien le dispenser de répondre.

— Wow! Certain! Quand, quand, quand?

Madame Marquette se met à rire.

— Je ne sais pas exactement, mais ça pourrait se faire bientôt.

— C'est fou parce que j'ai un autre projet en tête en ce moment, pis c'est certain que paraître dans le journal va m'aider à le réaliser!

— Ah bon? Quel projet?

Rapidement, le garçon lui expose les grandes lignes de son idée, toujours heureux d'en parler à qui veut bien l'écouter même s'il est pressé d'aller retrouver son amie. Emballée, l'enseignante lui promet de faire les démarches au plus tôt. Thomas la remercie cent fois avant de se diriger vers le lieu de rendez-vous. D'abord plus qu'enthousiaste à l'idée de se retrouver sur une page d'un grand quotidien, un grand frisson lui

traverse le corps quand il réalise que sa crainte
de ne pas être à la hauteur est proportionnelle
à l'ampleur que prend le projet...

SEIZE

Lorsque Thomas arrive à la cachette, Annick se tient raide comme une barre de fer, les poings sur les hanches.

— T'es en retard de sept minutes ! T'ÉTAIS OÙ ?

— Haha ! Comme si ça paraissait pas, que tu te retiens pour pas rire !

— Bon, c'est ça ! Dis-le donc que je suis pas crédible dans mon personnage de fille folle !

— Hum, laisse-moi t'aider un peu.

Le garçon s'approche de son amie et lui écrase le visage avec ses mains.

— Là, c'est mieux.

— F'est meuh ? arrive-t-elle à souffler malgré sa bouche tordue.

— Oui. T'es vraiment belle de même… Pour un sanglier, évidemment.

Annick repousse Thomas, prenant garde cette fois qu'il ne tombe pas sur le sol.

— OK, OK, ça va faire là, les insultes, monsieur !

— Quoi ? C'est beau, un sanglier.

— Si tu t'appelles Obélix, peut-être…

— Oh! Une p'tite blague! Oh!

— Pour vrai, arrête, s'il te plaît! T'es en mode « pas fin » ou quoi?

Quelle excellente opportunité pour un minicâlin!

— Ben, non, franchement. On taquine ceux qu'on aime, c'est bien connu.

— Ouuuin… Mais je t'ai à l'œil!

— Ton œil de…

— Hé! s'exclame-t-elle en le pointant du doigt.

— J'allais dire « faucon »! Je te dis, toi des fois… pas moyen de te parler…

Ils pouffent tous les deux de rire.

— Sérieusement, qu'est-ce qu'on fait? demande Thomas.

— On va chez nous! Ça te tente?

— Oui, mademoiselle!

Quand Thomas réalise que Myriam est absente, son pouls augmente considérablement : c'est une chose de se retrouver seul avec Annick, mais c'en est une autre de l'être dans un endroit qui lui ressemble et où l'on trouve dans chaque pièce des traces de son parfum. Alors qu'elle se change, il se promène dans l'appartement en examinant des objets qu'il n'avait jamais remarqués auparavant.

L'une des activités favorites des occupantes étant le bricolage, presque toutes les décorations, allant des abat-jour aux cadres, sont entièrement faites à la main. L'ambition de la jeune fille est d'ailleurs de faire un jour des études en arts plastiques.

— Est-ce que tu trouves ça beau? demande-t-elle à Thomas en le voyant s'arrêter devant un pot à fleurs recouvert de morceaux de feuilles de magazines.

— Vraiment! C'est super original.

— Parfait, alors je peux te montrer ta surprise.

— Hein? Une surprise pour moi?

Annick lui fait signe de la suivre dans sa chambre, tout excitée à l'idée de lui montrer ce sur quoi elle travaille depuis plusieurs jours. En plein milieu de la pièce se trouve une petite table de chevet qui a subi le même traitement que le pot, sauf que, dans ce cas-ci, les morceaux de feuilles proviennent de bandes dessinées mettant en vedette des superhéros.

— Waouh! Waouh! Tu me niaises? Nooooon!

En voyant son œuvre à ce point appréciée, l'artiste ressent une grande fierté.

— C'est pour te remercier d'être venu avec moi à Sainte-Agathe. Je me suis sentie… plus forte… avec toi.

Thomas se penche devant le petit meuble, admirant la composition des scènes et des couleurs ainsi que toute l'attention accordée aux détails.

— J'ai jamais vu quelque chose d'aussi cool, je peux pas croire que t'as fait ça pour moi. Je sais pas comment te remercier, je…

Il se retourne alors pour faire face à son amie et, lorsque leurs regards se croisent, des étincelles jaillissent de leurs yeux. Étrangement, l'intensité de cette énergie les prend au dépourvu et semble davantage les effrayer qu'autre chose.

— Oh… euh…, dit Annick en détournant son regard vers le cadeau, ça me fait vraiment plaisir.

Elle se penche vers la table.

— T'as vu, poursuit-elle, j'ai mis Spiderman en plein milieu parce que tu m'avais dit que c'était ton préféré.

— Oui, j'ai vu.

— Pis ça, c'est Gwen Stacy, sa première amoureuse…

— Oui, j'ai vu.

C'est décidé, si elle se tourne vers lui, il l'embrasse sans même se poser la question.

— Bon ! Quelque chose à boire ? lui demande Annick en se relevant brusquement.

Échec.

— Du jus, si t'en as.

Thomas jette un dernier coup d'œil à son cadeau et part rejoindre son amie dans la cuisine. Elle semble un peu mal à l'aise, évitant son regard.

— Mon père a appelé ici hier, finit-elle par dire après avoir servi une collation.

— Ah oui ? Pour te parler à toi ou pour parler à ta mère ?

— À nous deux.

— Comment ça s'est passé ?

— Bien, je pense. T'aurais dû la voir, elle était vraiment nerveuse.

— Nerveuse « je suis contente » ou nerveuse « je sais pas trop quoi lui dire » ?

— Haha ! Cinquante-cinquante probablement ! Mais c'est fou, autant on jase de tout d'habitude, autant elle reste muette en ce qui le concerne. Depuis qu'elle a appris qu'il a arrêté de boire, je veux dire. Avant, elle se gênait pas pour parler de lui.

— Elle veut sûrement éviter que tu te fasses de faux espoirs…

— Peut-être, mais ça fait exactement l'effet contraire. On dirait qu'elle me cache quelque chose.

— Je te l'avais dit !

— Chut !

Annick ne peut cette fois s'empêcher de sourire : sans doute se permet-elle à présent d'espérer.

— Est-ce qu'ils vont se rencontrer bientôt?
demande Thomas.

La jeune fille se mord les lèvres.

— Ouiiii! s'exclame-t-elle avec l'enthousiasme
d'une gamine. La fin de semaine prochaine, il
est censé descendre pour nous voir!

— Hou là là!

— Mais ça veut rien dire, là!

Le garçon la regarde d'un air incrédule, se
doutant bien qu'elle-même commence à y croire.

— T'imagines? J'ai passé tout le reste de
la soirée d'hier à prier pour qu'ils reviennent
ensemble.

— Prier?

Annick hausse les épaules.

— En tout cas, je serais tellement heureuse si
ça se produisait. Il existe pas encore de mots pour
décrire comment la vie serait belle.

— Je te le souhaite. Je sais pas vraiment
comment faire, mais je vais « prier » moi aussi.

Après cette sympathique discussion, l'hôtesse
offre à son invité de regarder un film. Lequel?
Peu importe (pourvu qu'ils soient assis côte à
côte sur le moelleux divan!). Annick arrête son
choix sur *Les pages de notre amour*, un film senti-
mental qui raconte la relation d'un couple au fil
du temps. D'abord sceptique, Thomas se laisse

finalement prendre par le récit, établissant des parallèles entre les personnages devenus vieux et sa rencontre récente avec l'âge d'or : l'héroïne du film finit d'ailleurs par souffrir de la même maladie que sa grand-mère.

Tout au long du film, le garçon se projette dans le futur et s'interroge : Annick et lui sont-ils destinés à former un couple, à se marier et à vivre d'innombrables jours de bonheur jusqu'à ce que la mort les sépare ? Un scénario idéal, sans doute, mais il faudrait d'abord commencer par se coller un peu plus. Ce n'est que vers la fin du film que Thomas rassemble suffisamment de courage pour placer délicatement sa main autour du cou de la jeune fille et l'inviter ainsi à se rapprocher. À son grand bonheur, elle n'offre aucune résistance et appuie sa tête contre lui. Cet état suprême de bien-être ne dure malheureusement que quelques minutes, puisque dès que Myriam met les pieds dans l'appartement, sa fille se redresse et fait mine de rien. Honte ? Gêne ? Simple pudeur ? Qu'importe, le résultat est le même.

— Mon beau Thomas ! s'exclame la jolie dame en déposant deux baisers sur ses joues.

Au moins, une Tremblay l'aura embrassé aujourd'hui !

— Ça va, vous deux ? leur demande-t-elle en percevant le léger malaise qui s'est installé.

— Oui, répond Annick, c'est juste qu'on était en train de regarder un film, alors tu nous déranges un peu.

— Oh! Pardon! Je vais me faire toute petite dans ce cas-là. Vraiment désolée…

Elle fait un clin d'œil au garçon, qui ne peut s'empêcher de rougir. Pour le reste du film, les deux amis gardent une certaine distance physique, mais leurs esprits restent enlacés.

— Tu pleures? demande Thomas au commencement du générique.

Annick essuie quelques larmes.

— Ça me fait encore cet effet-là après l'avoir regardé cinq fois. Soit le film est vraiment bon, soit je suis un peu tarte…

— Non, t'es pas tarte. Si on ressent rien en regardant un film, ça sert à quoi?

— T'as ressenti quelque chose, toi?

— Oui, c'est sûr. Je pleure peut-être pas mais… je suis quand même ému. C'est bon signe parce que, d'habitude, je tripe pas trop sur les films d'amour. À part quand je trouve l'actrice ultra belle.

— Pis elle, tu l'as trouvée ultra belle?

Inconsciemment (et sagement!), Thomas évite le piège:

— Bof, correcte.

Excellente réponse.

— C'est dommage que ma mère soit arrivée pendant le film.

Évidemment, Thomas ne pourrait être davantage d'accord sur ce point.

— C'est pas grave, dit-il cependant avec un air assuré, on peut se reprendre n'importe quand.

Les deux amis échangent un petit regard coquin.

— Se reprendre pour quoi? demande Myriam en sortant de sa chambre.

— Maman, arrête de nous espionner, c'est fatigant!

— Qui ça? Moi?

— Oui, toi! Curieuse!

La dame prend un air innocent, mais sa fille la connaît trop bien pour se laisser duper.

— Est-ce que tu restes avec nous pour le souper, mon grand? demande-t-elle à Thomas pour changer de sujet.

— J'aimerais ça, mais il faudrait que je demande à ma mère. Si elle a fait un repas spécial, je suis «cuit».

Cette fois-ci, c'est au tour d'Annick de se moquer de son humour:

— Oh! Un p'tit jeu de mots! Oh!

Il fronce les sourcils et brandit un poing. Lorsqu'il téléphone chez lui, il reçoit la permission de rester à une seule condition: la semaine prochaine, c'est Annick qui devra venir souper à la maison. Après tout, Diane et elle n'ont-elles pas développé une belle complicité durant le trajet en voiture jusqu'à la gare d'autobus ? Le garçon lève les yeux au ciel. *Bon, ça y est, tout le monde va se mettre de la partie !* Serait-il possible, à la place, de partir pour une île déserte à l'abri du regard parental ? De la nourriture, une télévision, un divan confortable et que des films d'amour ? On peut toujours rêver...

DIX-SEPT

Le lendemain midi, Thomas s'amuse à faire des paniers avec Ernesto dans la cour de son ancienne école. Réchauffant leurs doigts frigorifiés aux deux minutes, ils se félicitent d'être aussi motivés à bouger malgré le vent déplaisant.

— Tu as pensé à faire partie de l'équipe de basket au collège? demande Ernesto en voyant son ami réussir son quatrième lancer de suite.

— Le prof d'éduc me l'a demandé en tout cas. Mais… je sais pas, peut-être l'année prochaine. J'ai trop de choses à faire en ce moment.

— C'est lundi que tu vas savoir si le projet est accepté?

— Oui. Ça serait tellement con, qu'ils veuillent pas. On peut vraiment aider beaucoup de monde dans le besoin avec ça.

— Au fond, les «bravoures», c'est pour motiver les gens à donner plus, c'est ça?

— Dans un sens, oui: un nom officiel, ça donne plus de crédibilité à la chose. En plus, les gens sont inspirés par les actes de bravoure, par les prouesses. Sans doute que ça va aider, c'est comme la cerise sur le sundae.

— La cerise sur le sundae ?

— Ça veut dire : la p'tite touche qui rend ça meilleur. C'est une vieille expression que mes parents utilisent.

— Ah bon, la cerise sur le sundae… C'est drôle parce que, moi, je la jette toujours, la cerise, quand ils en mettent une.

— Haha ! Donc, ça veut dire le contraire pour toi ! Mais, pour en revenir à ta question, les bravoures, c'est la partie qui m'appartient, c'est comme mon trophée. Prends Will avec toutes ses figurines : moi, c'est les bravoures que je veux collectionner, même si je suis pas le seul impliqué. Tant que c'est moi qui les organise, je vais les considérer comme les miennes.

— C'est un peu intense comme collection pour un garçon de douze ans, non ? Pas que je doute de toi, *amigo*, mais, entre des jouets en plastique et des projets comme les tiens, il y a une grosse différence.

— Peut-être. Mais on dirait que…

Thomas réussit un lancer de la ligne de trois points.

— On dirait que je m'en fous.

Ernesto se met à rire.

— Et c'est pour cette raison qu'on s'entend bien, toi et moi !

— Oui, monsieur ! Pis tout ça serait peut-être pas arrivé sans ton p'tit coup de pied dans le derrière.

— Qu'est-ce que tu veux dire ?

— Ben, quand tu m'as convaincu de faire une escapade à Farnham.

— Tu serais allé chez ton grand-oncle un jour ou l'autre, non ?

— Oui, mais qui sait si on aurait fait les mêmes choses ou eu les mêmes discussions ? Peut-être que lui pis mon père auraient jasé tout le long, pis que j'aurais été laissé de côté. De toute façon, y a pas juste ça : qu'on parte tout seuls m'a prouvé que je pouvais me débrouiller sans mes parents. On dirait que j'ai plus grandi dans une seule journée que dans la dernière année.

— Tant mieux si j'ai servi à quelque chose.

— Coudonc, est-ce que ça serait à ton tour de douter de toi ? Il y a pas si longtemps, t'étais mon exemple numéro un de gars qui a confiance en lui.

— Non, c'est pas ça, c'est juste que…

Ernesto aurait bien envie de confier à Thomas qu'il aimerait se sentir plus impliqué, qu'il a l'impression que celui-ci n'a plus vraiment besoin de lui pour réaliser ses projets et que, par conséquent, leur amitié peut paraître moins importante à ses yeux. Cependant, jugeant ses pensées trop mélodramatiques, il se contente de dire :

— Bah, rien. Tout est bien, *amigo*, tout est bien.

Le jeune Mexicain vole sournoisement le ballon à son ami et tente un mouvement acrobatique vers le panier. Après avoir échoué lamentablement, il pousse un profond soupir.

— C'est pas mon fort, dit-il en s'assoyant sur l'asphalte froid. Je ferais mieux de me concentrer sur mes études.

— Haha ! Au moins, toi, tu vas être riche, tandis que, moi, je vais être un cascadeur fauché.

— Ça paie pas bien, être cascadeur ?

— Pas beaucoup, je crois, à part pour ceux qui deviennent célèbres.

— Ça va être ton cas, j'en suis certain.

— Peut-être, mais c'est pas vraiment important. Le seul argent dont je vais avoir besoin, c'est celui qui servira à financer mes projets.

— Tu n'aimerais pas mieux travailler dans le cinéma, explosions et tout ?

— Non, je veux réaliser mes propres idées, voyager partout dans le monde, pis inspirer les gens. Des fois, j'ai des images du futur dans ma tête, où je réussis ma vie, tant pour moi que pour les autres. T'as déjà vu les infopubs pour parrainer des enfants en Afrique ?

— Oui, celles où il y a des personnalités connues qui pleurent et tout ?

— Ben, moi, j'aimerais ça, aller dans ces pays-là, organiser de grosses cascades pour attirer l'attention sur leurs difficultés, pis utiliser l'argent des commanditaires ou les dons pour les aider à les régler. Ça serait une bonne manière de parcourir le monde tout en faisant quelque chose de positif.

— C'est super, *amigo*, magnifique même. Peut-être que je pourrais t'accompagner et soigner les gens là-bas, tant qu'à y être !

— Ça serait tellement parfait ! Mais c'est pas comme ça que tu vas devenir riche en tout cas…

— Comme tu l'as dit, c'est pas si important. Carlos m'assassinerait probablement par contre. Je vais peut-être devoir lui payer sa Ferrari pour qu'il me laisse tranquille avant de penser à faire du bénévolat…

Thomas rate son lancer, puis s'assoit à côté de son ami, essoufflé et en sueur malgré l'air frais.

— C'est dans tellement loin, dit-il en s'essuyant le front. J'ai hâte mais, en même temps, j'espère que ça arrivera pas trop vite.

— Aucune chance ! Il nous reste encore cinq années de secondaire après tout, et je ne veux même pas penser à toutes les autres qui vont suivre avant que j'obtienne mon diplôme.

— J'avoue, fait Thomas, pis on a pas mal de choses à vivre d'ici là.

L'image d'Annick apparaît aussitôt dans sa tête.

— Dont une collecte de nourriture qui entrera dans l'histoire, ajoute Ernesto en levant les deux pouces.

— Tu penses qu'on va y arriver?

— Avec toi comme *comandante*? *Sí!*

— Oh! Je t'ai pas dit ça : je vais faire une entrevue qui va passer dans le journal!

— Pour vrai? Lequel? Lequel?

— *La Presse*!

— *YESSSSSSS!!!* s'exclament les deux garçons en se tapant solidement dans la main.

— Ça commence à devenir sérieux, là. Penses-tu avoir bientôt besoin d'un imprésario? demande Ernesto partiellement à la blague.

— Je connais le candidat idéal, si jamais c'est le cas…

Le jeune Mexicain se redresse fièrement.

— William serait vraiment parfait! poursuit Thomas.

Grognement animal.

— C'est une blague, mon p'tit burrito préféré!

— Fais gaffe, *hombre*. Je suis peut-être pas très doué au basket, mais mon frère m'a appris un truc ou deux à la boxe!

— J'en doute pas, champion. T'as faim?

— *Mucho!*

— Alors, *vamos!*

Dès qu'ils mettent les pieds dans la maison, Xavier interpelle son fils:

— Annick a appelé tantôt.

Ernesto regarde son ami et se fait aller les sourcils.

— Thomas, le tombeur de ces dames! Thomas, le Don Juan de Laval-Nord!

Thomas se contente de sourire.

— Elle veut que je la rappelle?

— Non, elle partait magasiner avec sa mère, alors elle va te téléphoner à son retour. En passant, tu es pas mal chanceux, Ernesto. Si on fait un commentaire comme ça à notre garçon, on a droit à un regard meurtrier.

Thomas lui lance aussitôt son regard meurtrier le plus réussi, crispant ses muscles jusqu'à trembler de tout son corps.

— Tu vois? s'exclame son père. Non, mon fils! Non! Aaaaaaaaargh!

Xavier fait comme si sa tête explosait et s'effondre contre le mur.

Abasourdi par les folies du père de Thomas, Ernesto secoue la tête d'incrédulité.

— Là, je comprends d'où vient ton humour, *amigo*.

Le sympathique monsieur leur tire sa révérence et part lire dans son bureau.

— On ne s'ennuie pas chez vous en tout cas, commente Ernesto.

— Bah, c'est encore drôle ! Disons que sa p'tite bière du samedi midi doit lui avoir monté à la tête…

Empoignant chacun une canette d'orangeade ainsi que des sandwichs vite faits, les deux complices montent dans la chambre de Thomas et s'installent par terre pour manger. Lorsque Thomas lui montre sa nouvelle table de chevet, Ernesto le félicite comme s'il s'agissait de sa première voiture.

— Malade, hein ? Annick m'a dit que cette table avait été mise sur le bord du chemin pour que quelqu'un la ramasse. Elle a pensé à moi tout de suite et l'a toute retapée !

— Alors, à part ce meuble qui me rend jaloux, quoi de neuf avec ta jolie demoiselle ?

La bouche pleine, Thomas se trémousse.

— Oh, allez ! Finis ta bouchée et raconte-moi tout !

Mâche, mâche, avale.

— Si tu savais comme j'étais bien, assis avec elle à regarder un film… Ça avait aucun sens!

— Vous étiez collés?

— Elle a appuyé sa tête sur moi.

— Noooon!

— *Siiiiiiiiii!*

— Pendant tout le film?

— Au complet!

Une légère exagération n'a jamais fait de mal à personne, après tout.

— Et vous vous êtes embrassés?

Thomas laisse planer le doute quelques instants.

— Hum… non. MAIS…

— Mais quoi?

— Haha, rien. Je voulais juste créer du suspense.

— Pfft!

— Pfft toi-même!

— Tu avais le goût de le faire par contre, hein, mon petit charmeur?

— T'as pas idée! Mais c'est pas grave, le jour va venir…

Et ce jour sera glorieux!

DIX-HUIT

Revigoré par une fin de semaine particulièrement agréable, Thomas ne pourrait être mieux préparé mentalement à affronter le verdict tant attendu. De toute façon, il n'a pas du tout l'intention d'accepter une réponse négative. Incapable d'attendre davantage, il prend son autobus vingt minutes à l'avance et se rend directement au bureau du directeur. Bien qu'il sache que personne ne travaille la fin de semaine et que, par conséquent, le conseil n'aurait pu prendre sa décision aussi rapidement, il reste persuadé que monsieur Sigouin n'a en réalité aucunement besoin de recevoir son approbation pour donner le feu vert au projet. L'ultimatum lancé n'avait pour but que de lui permettre de sauver les apparences et d'éviter ainsi un affrontement aussi désagréable qu'inutile.

Les soupçons de Thomas semblent d'ailleurs être justifiés, puisque le directeur se lève dès qu'il l'aperçoit, et lui lance, guilleret :

— Vous êtes ici pour connaître la réponse du conseil, n'est-ce pas ?

Non, je me suis levé plus tôt pour venir admirer ta beauté matinale, pense alors le garçon en acquiesçant.

— Eh bien, c'est accepté ! Vous pouvez aller de l'avant avec votre collecte !

Fou de joie, Thomas lui tend la main en signe de paix et constate que sa poigne est aussi délicate que celle d'une vieille dame.

— Votre professeur d'informatique est donc votre représentant auprès de Manon Laurier, la directrice de la vie étudiante. C'est à elle qu'il faudra vous adresser pour toute demande ayant rapport avec le projet. Comme je vous l'ai dit, moi je suis… trop occupé.

— Merci, monsieur Sigouin.

— Euh… oui, répond l'homme d'un air surpris.

Thomas aimerait sautiller en chantant son bonheur, mais il conserve son air sérieux et quitte les lieux d'un pas calculé, les épaules bien droites et le torse bombé : personne ne peut porter ombrage à monsieur Hardy, négociateur par excellence et véritable parrain du Collège Archambault.

Pas de photos, s'il vous plaît, pas d'autographes non plus !

Pendant la deuxième période, Thomas annonce la bonne nouvelle à Jean-François, et tous deux en profitent pour jaser davantage du projet.

— J'ai beaucoup réfléchi à tout ça hier soir, dit le jeune professeur, et je pense avoir trouvé une excellente idée pour recueillir le plus de nourriture possible.

— Ah oui, c'est quoi?

— Au lieu de se presser jusqu'à Noël, pourquoi on n'étirerait pas ça jusqu'à la fin de l'année?

— Hum, comment ça?

— En fait, c'est un problème d'entreposage et de logistique: l'espace qu'on pourrait obtenir ici est assez limité et coordonner différents centres de collecte serait assez compliqué, à mon avis. Alors, au lieu de recevoir les aliments ici, on pourrait organiser différentes campagnes de souscription au cours de l'année et ramasser un montant encore plus gros. On pourrait ensuite dépenser cet argent-là chez les grossistes à la date prévue et faire livrer directement la nourriture à Dans la rue. Qu'est-ce que tu en penses?

— J'aime ça! J'adore ça, en fait, parce qu'en plus, ça concorde parfaitement avec le concept de ma chaîne YouTube!

— Dans quel sens?

— Ben… les bravoures! Chaque campagne de financement pourrait être liée à un événement qu'on filmerait comme à la résidence, avec un thème différent chaque fois. Les gens vont bien voir que leur contribution donne de vrais résultats, et ça va nous faire plein de publicité !

— Wow, mon cerveau est sous le choc.

Jean-François se lève pour aller répondre à la question d'un élève, puis revient s'asseoir.

— Bon, dit-il, maintenant que c'est officiel, il va falloir trouver une idée pour la première souscription.

— On peut garder le même délai pour celle-là, au fond. Une activité en lien avec Noël, ça serait super.

— Oui, je suis d'accord, mets-toi là-dessus dès que possible. Moi, je vais téléphoner à mes amis professeurs dont je t'ai parlé pour voir ce qu'ils peuvent faire de leur côté. Est-ce que tu pourrais imprimer des affiches pour faire un peu de publicité ? Comme ça, il pourrait y en avoir dans toutes les classes et ça servirait de rappel.

— J'ai une amie qui est super bonne en dessin, pis elle voulait justement s'impliquer, alors je vais lui demander.

— Parfait. Il faudra quand même en imprimer une grosse quantité pour les autres écoles, peut-être même pour d'autres endroits, comme des épiceries ou d'autres commerces achalandés du quartier.

— J'y avais pensé, j'ai déjà un restaurant qui est prêt à nous commanditer.

— Génial! Coudonc, ça s'annonce bien, notre affaire! Est-ce que tu sais quand le site Web va être prêt?

— William travaille déjà dessus, ça l'excite trop. Je vais avoir plus de détails au dîner. Je sais que les DVD sont prêts. On va se faire un p'tit kiosque pendant les heures de dîner.

— Vous en profiterez pour parler de la collecte générale aux jeunes.

— C'est sûr.

Comme de plus en plus d'élèves ont besoin de lui, l'enseignant met fin à leur entretien et promet au garçon de le tenir au courant des moindres nouveaux faits.

Au dîner, après que Thomas a fait part à ses amis de la décision «du conseil», c'est au tour de William de leur faire une surprise:

— Le site Web est terminé, les gars, pis il est É-CŒU-RANT!!! Mon père a pris le temps de m'aider en fin de compte, vous allez capoter! J'attendais juste le signal de Thomas pour le mettre en ligne, au cas où il y aurait des changements à faire.

— T'es trop génial, Will! J'ai vraiment hâte de voir ça! En tout cas, c'est bon que t'aies attendu… parce qu'il y a effectivement du changement: en fin de compte, on va ramasser de l'argent pendant toute l'année!

— Cool ! s'exclame Karl. On va devenir millionnaires !

Ses amis le dévisagent.

— Quoi ? demande-t-il innocemment. Ça va faire beaucoup de sous, non ?

— Seigneur, pardonnez-lui, car il ne sait pas ce qu'il dit ! blague Ernesto en joignant ses deux mains.

— Comme j'allais le mentionner, avant d'être ÉBLOUI par le commentaire ULTRA PERTINENT de Karl, on va prendre cet argent-là et faire une méga-épicerie pour l'organisme Dans la rue en juin. On commence petit avec les DVD, mais dès que je trouve une bonne idée, on se tape un autre événement débile à filmer pis à mettre en ligne.

— Parlant de DVD, est-ce que je les apporte demain ? demande William.

— Oui, monsieur ! Vous allez voir, ils vont se vendre comme des p'tits pains chauds !

Ernesto se lève brusquement.

— Oh, *amigo*, dis-leur ce que tu m'as dit en fin de semaine, pour le journal.

— Hé, c'est vrai ! Ça reste à confirmer, mais il se peut que j'accorde une entrevue à *La Presse* !

William ajuste ses lunettes.

— Quoi ? T'es sérieux ?

— Oui, c'est madame Marquette qui va arranger ça. Mon dernier cours est avec elle, alors je vais lui demander si ça tient toujours.

— Félicitations, mec! s'écrie Karl. T'es rendu une vraie vedette!

Tout souriant, Thomas regarde de nouveau William et décèle chez lui un brin de jalousie.

— Mais c'est pas grand-chose, précise-t-il. C'est plus pour la collecte que pour me rendre célèbre. Il y aura probablement même pas de photo de moi, alors c'est pas comme si les gens allaient me reconnaître.

Voilà qui devrait suffire à minimiser la nouvelle.

— Félicitations quand même, lui lance William avec un enthousiasme modéré.

— Merci, mais oubliez pas que je vais aussi en profiter pour parler de vous!

Ces mots redonnent un peu d'entrain à William, qui d'ailleurs s'en veut d'être envieux. Tandis que les quatre amis s'apprêtent à sortir pour poursuivre leur discussion, Annick brise la loi du secret en abordant Thomas à sa table :

— Bonjour, monsieur Hardy.

La surprise est évidente dans le regard du garçon.

— Euh… salut… Ça va?

— Tu t'en allais dehors?

— Oui… euh… dehors, oui.

Le sourire de la demoiselle se veut enjôleur, d'autant plus qu'elle prend soudainement conscience de l'effet qu'elle a sur lui et sur le reste du groupe qui l'observe en silence.

— On peut se parler deux minutes?

— C'est bon.

Lorsqu'il comprend que ses copains ne comptent pas se gêner pour épier leur conversation, Thomas les invite à l'attendre à l'extérieur. En chemin vers la sortie, William, Karl et Ernesto se retournent régulièrement et gloussent comme de véritables gamines.

— Coudonc, qu'est-ce qui se passe pour que tu viennes me voir devant tout le monde? demande Thomas à Annick.

— Pfft, on s'en fout, du monde!

— On s'en fout?

L'adolescente sourit.

— Oui. J'ai décidé qu'on en était rendus là dans notre relation.

— Ah bon. C'est pas moi qui vais m'en plaindre.

Thomas regarde derrière l'épaule d'Annick et constate que ses amis à elle sont tout aussi curieux. Surtout Dany qui, même après plus d'un mois, digère encore mal leur altercation.

— En tout cas pour l'instant, ajoute le garçon.

La jeune fille jette elle aussi un coup d'œil à sa bande.

— Oh, fais-toi-z'en pas avec eux. Ils t'aiment bien, tu sais.

Thomas fronce les sourcils.

— Bon, poursuit-elle, sauf Dany, mais on s'entend pour dire qu'il jappe plus fort qu'il mord.

— Heureusement, pis il faut remercier Carlos pour ça. Mais qu'est-ce que tu voulais me dire, au juste ?

— Je voulais savoir pourquoi tu m'as pas rappelée en fin de semaine.

— Moi ? Mon père m'a dit que c'est toi qui me rappellerais !

— Je sais que j'ai dit ça, mais…

— Mais ?

— Ben, faut lire entre les lignes !

— Je te suis pas, là…

Ce qu'elle veut dire, c'est qu'il s'agissait tout simplement d'un test pour savoir s'il lui téléphonerait en constatant qu'elle ne le faisait pas. Il devait aussi comprendre qu'elle est bien trop orgueilleuse pour le rappeler après avoir réalisé que son coup de téléphone à lui tardait à venir, mais que cela ne veut pas dire qu'elle n'en avait pas envie. Bien au contraire ! C'est tout simple, n'est-ce pas ?

— Bah, c'est pas grave! se contente-t-elle de dire. C'était juste un malentendu.

— Si tu le dis. En passant, j'ai besoin de tes talents d'artiste.

— Ah oui? Comment ça?

Thomas lui parle alors de la tâche qu'il souhaite lui confier, et qu'elle accepte avec la plus grande joie.

— Tu vas voir, je vais vraiment me forcer, pis ça va être super beau!

— J'en doute pas!

— Je pourrais faire des esquisses pour te donner le choix si tu veux.

— Non, je te donne carte blanche: ce que tu vas me donner, c'est ce qu'on va imprimer. Je vais t'envoyer certaines informations qui sont vraiment essentielles, pis t'auras juste à les intégrer comme tu veux. C'est bon?

— Haha! Je suis tout énervée!

— La seule chose que je te demande, c'est de faire ça le plus rapidement possible.

— Pas de problème, je m'y mets dès ce soir!

Appréciant toujours la compagnie l'un de l'autre, ils aimeraient tous les deux rester ensemble jusqu'à la cloche, mais la meilleure amie d'Annick vient soudainement la réclamer pour jouer aux cartes. Elles retournent donc à leur

Ce que Thomas refuse de faire, incertain quant à la nature confidentielle des événements. Il raconte néanmoins quelques détails croustillants du dernier samedi pour satisfaire leur curiosité, puis ramène en douce le sujet de la collecte.

table tandis que Thomas part rejoindre ses co-pains à l'extérieur. Évidemment, ceux-ci le bombardent littéralement de questions sur sa relation avec Annick, surtout Karl, dont la curiosité semble insatiable.

— Pour la troisième fois, on sort PAS en-semble! répète Thomas. On est de bons amis, c'est tout! C'est pas parce qu'elle est incroyable-ment belle, talentueuse, douce, fine, intelligente pis que ses cheveux sentent le paradis sur terre que je vais tomber en amour avec elle, *comprende*?

Après avoir analysé comme il faut ses paroles ainsi que son expression sarcastique, Karl lui fait un grand sourire et un clin d'œil complice.

— LÀ, tu comprends, hein, mon gros loup? s'exclame Thomas.

Les quatre mousquetaires rient aux larmes.

— Va falloir que tu nous donnes ton secret, mon gars, dit William.

— OK. Ben, premièrement, il paraît que ça aide de ressembler au meilleur ami d'une fille, surtout s'il est mort tragiquement.

Karl et William échangent un regard per-plexe, et Ernesto fixe son copain comme s'il venait de commettre un sacrilège.

— Oh, laissez faire, c'est une longue histoire.

— Non, raconte! insiste Karl.

DIX-NEUF

À la fin de son cours de français, Thomas obtient la confirmation qu'il attendait : Jacques Marquette, le frère de son enseignante, se rendra samedi à son domicile pour le rencontrer et écrire son article. Le garçon aurait préféré un endroit plus neutre, mais, vu l'enthousiasme manifesté par ses parents lorsqu'ils ont appris la nouvelle, il aurait été difficile de faire autrement (Xavier n'a pas manqué un seul numéro du fameux quotidien en plus de vingt ans). De toute façon, comme dit madame Marquette, quel meilleur endroit pour en apprendre davantage sur un jeune prodige que celui où il a passé la plus grande partie de sa vie. *Espérons que Charles travaille cette journée-là*, pense Thomas en imaginant les pires scénarios.

Il se rend ensuite au salon des enseignants pour voir si Jean-François s'y trouve. La dame qui lui ouvre la porte, bien qu'il ne l'ait jamais vue, semble le reconnaître et le laisse même entrer. De quoi flatter l'ego d'un élève de première secondaire ! Le jeune professeur lui fait signe d'approcher dès qu'il l'aperçoit.

— En plein le bonhomme que je voulais voir ! s'exclame-t-il.

En pointant un doigt vers Thomas, il lance à un collègue :

— Regarde-le bien, celui-là, parce qu'un jour c'est nous qui allons l'appeler « monsieur ».

Le collègue, visiblement sceptique, se contente de sourire poliment.

— J'allais t'écrire, justement, dit Jean-François en s'adressant de nouveau à Thomas. J'ai contacté l'organisme Dans la rue, et les gens à qui j'ai parlé sont évidemment très enthousiastes quant au projet. Ils m'ont dit de ne pas nous gêner si on avait besoin d'un coup de main.

— Cool ! Est-ce que t'as eu des nouvelles pour les autres écoles ?

— « Vous », chuchote Jean-François en faisant un discret mouvement de la tête pour montrer les autres adultes qui se trouvent dans la salle.

Thomas comprend aussitôt.

— Est-ce que VOUS avez eu des nouvelles ?

— Il y en a un des deux qui m'a répondu, mais ça devrait pas tarder pour l'autre. C'est oui, évidemment. Il avait l'air motivé. On en est où avec les affiches ?

— La commande est passée.

— Et le site Web?

— On le met en ligne ce soir, avec un lien sur toutes nos pages personnelles.

— Excellent. Et les DVD?

— On commence la vente demain.

Jean-François pose ses pieds sur une chaise et place ses mains derrière sa tête.

— Enfin un peu d'action…, dit-il, les yeux rêveurs.

Le lendemain midi, après avoir mangé en vitesse et enfilé chacun leur costume de mousquetaire, les garçons se montent un kiosque de fortune dans un corridor passant qui relie la cafétéria au reste du collège. Attirée par les pitreries de Thomas et d'Ernesto, une petite foule se rassemble rapidement autour d'eux, assez importante pour qu'*el comandante* juge le moment opportun pour prendre la parole:

— Oyez, oyez! Gentes dames, messires, paysannes, paysans, gueuses et gueux! Voici votre chance de contribuer à une action juste et noble!

Il prend une grande inspiration.

— Dans ce merveilleux DVD, dont TOUS les profits de la vente seront investis dans la collecte alimentaire prévue pour la fin de l'année, figure la version haute définition de notre célèbre vidéo! Sont aussi incluses, EN PRIME, des scènes

inédites que vous ne retrouverez PAS ailleurs !
Gags, *bloopers*, fous rires incontrôlables, tout y
est !

— De plus, déclare Ernesto sans perdre le
rythme, chaque copie est signée avec ce fabuleux
marqueur couleur OR, et ce, par les quatre
mousquetaires en personne ! Pas un, pas deux,
pas trois, MAIS BIEN QUATRE ! Profitez de
cette offre imbattable pendant que nous sommes
encore jeunes et inconnus, car lorsque nous
deviendrons célèbres, ces disques vaudront très
certainement des centaines de milliers de dollars !
PEUT-ÊTRE PLUS !

Thomas poursuit :

— IL EXAGÈRE À PEINE ! Beaucoup
d'autres détails sont à venir, mais pour l'instant
concentrez-vous sur ce magnifique bijou du
cinéma indépendant québéc…

C'en est trop. Ses propos sont si absurdes
qu'il éclate de rire, aussitôt imité par Ernesto
qui danse comme un petit singe. Karl et William
aussi, malgré leur gêne, se marrent en regardant
leurs amis. Même si la plupart des jeunes ont été
pris au dépourvu et n'ont pas sur eux l'argent
nécessaire pour acheter un disque, beaucoup
promettent de revenir le lendemain pour s'en
procurer un exemplaire. Heureusement,
quelques enseignants, attirés par le brouhaha,

déboursent les quinze dollars et font le succès de cette première journée de vente.

La journée suivante est encore plus fructueuse. Grâce aux superbes affiches d'Annick qui expliquent le but et le fonctionnement de la collecte, les élèves comprennent mieux l'enjeu, et leur enthousiasme pour le projet augmente considérablement. Certains suggèrent des idées pour les campagnes de financement, tandis que d'autres offrent carrément leur aide pour différents aspects du projet. L'énergie générale qui se dégage de ces échanges est extrêmement positive, comme si la plupart des jeunes n'attendaient que d'être inspirés par un meneur pour pouvoir puiser en eux toute leur générosité.

Outre ce sentiment d'altruisme qui se répand à toute vitesse, il y a le côté plus superficiel de la popularité dont les quatre amis jouissent à présent: un bienfait non négligeable pour des garçons qui se considéraient comme des exclus au début de l'année. Bien que Thomas et Ernesto volent un peu la vedette avec leurs personnalités extraverties, les deux autres ont aussi leurs admirateurs et admiratrices. Tout compte fait, les mousquetaires sont si différents les uns des autres qu'ils constituent un exemple fabuleux de mixité et parviennent à rejoindre tous les types de personnes.

Inutile de dire que le sexe opposé est à l'affût de ce nouveau vedettariat, chose qui ne passe pas inaperçue aux yeux d'Annick. Alors que plusieurs jolies filles tournent autour de Thomas, elle observe la scène avec une bonne dose d'inquiétude : il y en a une en particulier qui semble trouver le garçon à son goût. Elle se tient presque collée à lui et relance constamment la conversation dès qu'il a fini de parler avec un autre élève.

— En tout cas, lui dit-elle avec des yeux remplis d'admiration, je te trouve vraiment génial de faire ça.

— Merci.

— C'est tellement rare qu'un gars soit aussi mature à notre âge, ou aussi engagé.

— Oui, ben... euh... je suis pas si mature que ça. C'est pas constant, disons...

— Oh ! Mais j'aime ça aussi, que ça varie un peu, c'est bon de déconner de temps en temps. Comme en fin de semaine, il y a un party chez une de mes amies, pis je me demandais si...

Thomas se souvient à présent : c'est la même fille qui l'a invité chez elle deux semaines auparavant, à la suite de la présentation de la vidéo. Il avait alors prétexté une visite à ses grands-parents pour qu'elle ne se sente pas rejetée.

— Il peut pas ! intervient Annick en s'interposant entre les deux. Il passe la soirée chez nous !

— Euh… j'ai même pas dit quand exactement…

— C'est pas important… parce qu'il passe toute la fin de semaine avec moi, désolée!

Thomas, pour qui cette information est tout aussi nouvelle, comprend bien sûr ce qui pousse son amie à agir de la sorte et ne peut que hausser les épaules en souriant. S'il le pouvait, il remercierait sur-le-champ la jeune fille de réveiller chez Annick cette soudaine et délicieuse possessivité. Mais Thomas n'est pas le seul à attiser les convoitises. Son bras droit mexicain, doté d'un charme typiquement latin, reçoit une bonne partie de toute cette attention et semble parfaitement comblé alors qu'il discute avec des jumelles qui lui font les yeux doux. «Dans mon pays…, se plaît-il à dire par-ci par-là. D'où je viens… blablabla.» Bref, il joue la carte de l'exotisme et cela fonctionne à merveille.

Bien que l'attention dont William est l'objet soit d'une tout autre nature, jamais il ne s'en plaindrait. En effet, trois jeunes intellos aussi passionnés que lui d'informatique et de technologie l'assaillent de questions sur la programmation du site Web, les différentes composantes de son ordinateur personnel ainsi que sur un tas d'autres sujets obscurs et trop spécialisés pour la majorité des êtres humains. Le seul à paraître plus timide est Karl, qui fait néanmoins de son mieux pour apprécier le moment en répondant aux nombreuses questions et en observant les moindres faits et gestes de ses amis.

Côté affaires, la vente atteint aujourd'hui deux cent dix dollars, le plus gros montant d'argent comptant que les quatre amis aient jamais eu en leur possession. Le coffret de métal dans lequel Thomas mettait autrefois ses petits trésors a été confié à Karl, étant donné son physique imposant. Bien qu'il soit évident que personne n'oserait voler les billets devant tous et en plein jour, le garçon prend extrêmement au sérieux la tâche de surveiller le butin, assez même pour que lui vienne l'idée de devenir gardien de sécurité. Manger son Subway en regardant la télévision, jetant un coup d'œil de temps à autre sur les écrans de surveillance : de quoi faire rêver une âme de paresseux !

Avant de retourner en classe, Thomas se rend au secrétariat pour y mettre en sécurité les précieux billets. Comme la secrétaire est occupée au téléphone, elle lui demande de déposer le coffret sur le bureau et lui promet d'y faire attention. Le garçon repart donc l'esprit tranquille et termine sa journée d'école l'ego gonflé par toute l'attention reçue pendant l'heure du dîner. Ses professeurs d'anglais et de mathématiques doivent d'ailleurs rappeler les élèves à l'ordre à maintes reprises, puisque plusieurs d'entre eux abordent Thomas à la moindre occasion pour lui parler de la collecte ou pour lui demander un rabais sur le DVD. Ah, la popularité… quel terrible mais ô combien agréable fléau !

À la sortie de l'école, Annick l'attend avec un étrange sourire.

— Bonjour, chère mademoiselle Tremblay, comment allez-vous ?

— Très bien, monsieur Hardy, et vous ?

— Je me porte à merveille.

— Vous m'en voyez ravie.

— Haha ! Joie !

Puis se produit l'inattendu : deux bises sur les joues, et ce, devant une vingtaine d'élèves ! Décidément, un peu de célébrité vaut bien mieux qu'une bouteille d'Axe pour plaire aux filles !

— Ça fonctionne vraiment bien, votre campagne de financement, non ?

— Mets-en ! Merci encore pour les affiches, ça évite au monde de poser toujours les mêmes questions.

— Ça me fait plaisir. Il y avait beaucoup d'élèves…

— Oui, tant mieux !

Encore cet étrange sourire.

— Beaucoup de filles..., ajoute-t-elle.

— Ah bon ? J'avais pas remarqué.

— Vraiment ?

Cette fois-ci, Thomas voit où elle veut en venir et lutte intérieurement pour ne pas rigoler. Incapable d'éviter le sujet, la jeune fille finit par se lancer :

— Il y en avait une en particulier, une blonde.

— Ah oui, *elle*..., répond innocemment Thomas.

— *Elle.*

— Et ?

— Est-ce que tu la trouves jolie ?

C'est alors que les esprits de tous les hommes ayant vécu cette épreuve viennent hanter celui du garçon, lui insufflant du coup la réponse idéale :

— Hum, si je la compare à toi, non.

Ce n'est pas nécessairement ces paroles qui soulagent Annick et la font instantanément flotter sur un nuage de bonheur, mais plutôt le parfait sérieux avec lequel Thomas les a formulées. Un bien talentueux séducteur, tout compte fait...

VINGT

Troisième journée de vente. Alors que Thomas retourne au secrétariat chercher son coffret, la dame lui indique qu'il se trouve à présent dans le bureau de son bon ami, monsieur Sigouin. La porte de la pièce est entrouverte, et le directeur est occupé à engloutir méthodiquement son repas de chez St-Hubert : c'est la première fois que le garçon voit quelqu'un manger une cuisse de poulet et des côtes levées avec un couteau et une fourchette. Devinant la raison de sa visite, l'homme lui indique aussitôt l'emplacement du coffret d'un simple hochement de tête et poursuit son repas sans broncher… jusqu'à ce que Thomas se mette à compter les billets sur place.

— Qu'est-ce que vous faites ? demande le grincheux en s'étouffant presque.

— Euh… je compte.

— Franchement, ce n'est pas la peine ! Vous ne me faites pas confiance ?

Thomas le dévisage, la vraie réponse étant plus qu'évidente dans son esprit.

— Bien sûr que oui, mais c'est une question de protocole.

Monsieur Sigouin paraît nerveux.

— Vous ne voyez pas que je suis en train de manger ? Faites ça ailleurs, quand même…

Thomas soupire et quitte le bureau. Il reprend le comptage, par deux fois, pour constater finalement qu'il manque trente-cinq dollars sur les deux cent soixante-dix amassés jusqu'à présent. C'est donc d'un pas hésitant qu'il retourne affronter son suspect numéro un.

— Quoi encore ?

— Il manque trente-cinq dollars !

— Et puis ? Vous aviez probablement mal compté au départ, tout simplement.

— Non, j'ai vérifié plusieurs fois, pis mon ami William aussi. C'était beaucoup d'argent, alors on voulait être certains. Et puis, pourquoi il en manquerait trente-cinq, c'est même pas un multiple de quinze, ça…

— Vous avez peut-être des amis moins dignes de confiance que vous le croyez…

— Je pense pas, non.

— Alors, vous insinuez que c'est moi qui ai pris l'argent ?

Thomas tourne sa langue sept fois dans sa bouche avant de répondre :

— Non, mais si je confie quelque chose à un membre du personnel de l'école, je m'attends à ce que ça reste en sécurité.

— Désolé, mais ce n'est pas mon problème. Est-ce que je peux finir de dîner maintenant? C'est que ça refroidit, là, pendant qu'on parle inutilement.

Impuissant, Thomas referme le coffret et rejoint ses amis au kiosque pour leur faire part du problème. Devant leur incrédulité, il n'a d'autre choix que de leur raconter son accrochage précédent avec monsieur Sigouin, leur inspirant une indignation bien justifiée.

— C'est une blague? demande Ernesto.

— Non, si j'avais pas trouvé ma lettre dans la poubelle, ç'aurait pu nous faire perdre encore une semaine ou plus!

— C'est un malade! s'exclame William. Par «malade», je veux dire: un vrai débile mental!

Un qualificatif que Thomas approuve fortement.

— J'ai absolument aucune preuve, mais je suis certain que c'est lui. C'est clair qu'il fait juste ça pour m'écœurer.

— En tout cas, ajoute Ernesto, il a certainement pas besoin de cet argent-là avec un salaire de directeur. Ça va être difficile de prouver que c'est lui, *amigo*.

Thomas pousse un grognement de frustration, puis cogne doucement sa tête contre la table.

— T'as dit qu'il mangeait du St-Hubert, c'est ça ? demande Karl.

— Oui.

— C'était quoi exactement, son repas ?

— KARL, S'IL TE PLAÎT ! C'est pas le temps de parler de bouffe…

— Arrête, c'est pas pour ça que je te le demande. Ma question est sérieuse, il mangeait quoi ?

— Je sais pas moi, on s'en fout !

Pour une rare fois, Karl perd patience et hausse le ton :

— Fais-moi donc confiance, je sais faire autre chose que manger, tu sais !

Peu convaincu de la pertinence de l'information, Thomas accorde néanmoins à son ami le bénéfice du doute.

— Il mangeait un combo cuisse et côtes levées. Satisfait ?

— Hmm. Quelque chose à boire ? Un dessert ?

— Il buvait un Perrier. Je pense bien avoir vu un millefeuille aussi. Mais ça donne quoi, de savoir ça ?

Karl prend un crayon et se met à gribouiller au verso de la fiche des ventes. Il prend quelques pauses ici et là pour réfléchir et finit par tourner la feuille vers ses amis.

Combo cuisse / côtes levées : 20 $
Bouteille d'eau Perrier : 2,50 $
Millefeuille : 4,50 $
Sous-total : 27 $
Taxes : environ 4 $
Total : 31 $
+ Pourboire... 35 $? ? ?

Karl sourit, tout fier de sa découverte, et lance :

— Drôle de coïncidence, non ?

Ses trois copains échangent des regards abasourdis, puis le félicitent.

— Comment ça, tu connais les prix par cœur ? lui demande William.

— D'après toi ? lui répond Karl en levant un sourcil.

Thomas lui serre la main.

— C'est vraiment génial, mon homme, mais c'est pas assez solide comme preuve. Même si je suis persuadé que t'as raison, ça peut justement passer sur le dos de la « coïncidence ».

Déçu, Karl baisse les yeux.

— Mais bon, poursuit Thomas, c'est pas grave. On va pas rater notre collecte à cause de ça.

C'est plus une question de principe qu'autre chose…

Malgré tout, les quatre mousquetaires sont un peu démoralisés et accueillent avec peu d'entrain le premier client de la journée. Tout à coup, Karl ouvre le coffret et se met à passer frénétiquement les billets en revue.

— On a déjà compté plein de fois, lui dit William d'un ton agacé. Ça nous avance à rien.

Mais Karl continue.

— Vous me croirez pas, les gars ! finit-il par s'exclamer. Je viens de me souvenir d'un billet de dix dollars qui a attiré mon attention hier : il y avait une adresse courriel dessus avec un bonhomme sourire dessiné sur le côté. Je me suis imaginé que j'envoyais un courriel à cette adresse-là pour finalement apprendre que je gagnais un gros montant d'argent ou quelque chose de vraiment cool.

Ses copains ne comprennent pas trop où il veut en venir, mais sont tout de même intrigués.

— OK, pis ? demande Thomas.

— Ben, c'est un des billets qui manquent !

— Euh… ça change quoi, au juste ?

— Peut-être que si on se dépêche pis qu'on appelle au St-Hubert, ils pourraient rejoindre le livreur et on pourrait vérifier s'il a le billet avec lui ! Ça prouverait que c'est monsieur Sigouin qui a pris l'argent !

— On est censés leur dire quoi pour qu'ils renvoient le livreur ici? l'interroge Thomas.

— Pourquoi pas leur faire accroire que le billet est super important? propose Ernesto. Qu'il fait partie d'une expérience de classe et qu'on doit absolument le récupérer.

— Quel genre d'expérience?

— Eh bien, l'adresse qui est écrite dessus, c'est peut-être ça, au fond. Une personne l'a mise là pour voir si quelqu'un allait lui écrire, sans doute pour vérifier jusqu'où le billet a voyagé entre-temps. *Comprende?*

Thomas acquiesce.

— Ils ont un très bon service à la clientèle, ajoute Karl. Il faut juste qu'on tombe sur quelqu'un de sympathique.

Thomas considère un instant le plan de match.

— Pas de temps à perdre, dit-il en se levant. William, ton iPhone est dans ta case?

— Oui.

— On y va!

Les deux amis se rendent immédiatement au sous-sol pour récupérer l'appareil et se dépêchent d'appeler la succursale la plus proche. Ils expliquent alors la situation à la préposée, affirmant que leur professeur est parti en réunion et qu'il les a chargés de récupérer le billet. Comme Karl l'avait prédit, la préposée se fait accommodante et met leur appel en attente afin de joindre le livreur. Lorsqu'elle revient au bout du fil, elle leur confirme que ce dernier a bel et bien le billet de dix dollars en question et qu'il sera devant le collège dans une quinzaine de minutes.

— Wouhou! s'écrient les copains en chœur.

Ils remontent tout de suite avertir les deux autres et se plantent devant la porte principale pour attendre le livreur. Une vingtaine de minutes plus tard, la voiture jaune de la célèbre rôtisserie arrive dans le stationnement et roule jusqu'à eux. En sort un homme bedonnant au sourire avenant qui s'empresse de leur échanger le billet pour un autre.

— Belles moustaches, les gars. Joyeux Movember! Mais pourquoi faire que vous filmez ça? demande-t-il en constatant que William le cadre avec son téléphone.

— Oh, c'est parce que vous êtes notre sauveur, lui répond William. On vous immortalise!

— Ah bon! En passant, si le billet était pour votre projet, pourquoi votre directeur s'en est servi pour payer son repas?

Les deux garçons se regardent.

— Euh…, répond Thomas, c'est difficile à expliquer, mais merci de l'avoir mentionné!

Le livreur hausse les épaules, salue la caméra en riant et repart aussi vite qu'il est arrivé, les laissant baigner dans leur superbe victoire.

— C'était pas très, très gentil de faire ça, monsieur le directeur, déclare Thomas devant l'objectif. Qu'est-ce qu'on va faire avec vous?

Coupez! Les complices se félicitent mutuellement et retournent à l'intérieur en gambadant gaiement. Lorsqu'ils croisent monsieur Sigouin, ils le saluent avec un enthousiasme débordant qui ne peut qu'éveiller ses soupçons. Néanmoins, ce dernier se contente d'un léger sourire et poursuit son chemin.

La courte vidéo, en apparence banale mais lourde de conséquences, suscite chez les quatre mousquetaires diverses manifestations de joie. Lorsqu'un adolescent s'approche de leur groupe pour voir de quoi il s'agit, William éteint vite son téléphone et le remet dans sa poche.

— C'est grâce à toi, Karl! s'exclame Thomas. Il faut donner à César ce qui appartient à César: t'as réussi un vrai coup de maître!

Habituellement peu expressif, Karl contracte ses biceps jusqu'à en devenir rouge vif.

— Je suis le Sherlock Holmes des temps modernes, le Batman dodu du Collège Archambault!

Cette réplique déclenche les rires de ses compagnons et des quelques élèves qui traînent autour du kiosque.

— Alors, *amigo*, on fait quoi avec ça? demande Ernesto.

— On prend le temps d'y penser, lui répond *el comandante*. Je suis ouvert aux suggestions. Gardez ça secret, il y a sûrement un moyen d'en tirer quelque chose.

L'expression machiavélique qui apparaît sur son visage promet une suite des plus intéressantes…

VINGT ET UN

Souffrant d'une gastro, Thomas a dû partager son vendredi entre le lit et les toilettes. C'est donc par contraste qu'il se sent si bien le lendemain matin, et ce, malgré l'appétit vorace qui lui tenaille le ventre. Afin qu'il récupère tout son aplomb pour l'entrevue, Diane lui prépare un déjeuner copieux qui le fait saliver à distance : il n'a plus qu'à se laisser guider hors de sa chambre par le mélange succulent d'odeurs qui monte à l'étage. Heureux que son fils se sente mieux, Xavier est tout aussi soulagé que le rendez-vous prévu avec le journaliste ne soit pas reporté. Son excitation est d'ailleurs plus grande que celle du principal intéressé, à travers qui il semble vivre intensément l'expérience.

— Tu as une très bonne mine ! s'exclame-t-il en examinant le visage de Thomas. Peut-être un peu pâle… mais attends de goûter au pain doré de ta mère : tes couleurs vont revenir d'un coup !

— Moins parler, plus manger ! répond le garçon d'une voix robotique.

— Alors, mange, mon homme. Ton destin t'attend !

— Veux-tu le lâcher un peu avec ça ? intervient Diane en riant. Tu lui mets tellement de pression que même la maladie est partie en courant !

— Donc, c'est grâce à moi qu'il va mieux, non ? Sages paroles, ma chérie, comme toi seule peux en formuler…

Thomas, qui ne prête présentement aucune attention à ce qui l'entoure, dévore son assiette comme si sa vie dépendait de la vitesse à laquelle il avale. Une fois rassasié, il remercie sa mère pour ce festin et part vérifier ses pages personnelles où plusieurs messages l'attendent. Tous ses copains lui ont écrit, chacun l'informant des recettes de la dernière journée de vente. La section des commentaires, sur le site officiel de la collecte, est d'ailleurs remplie de bons souhaits et de promesses de contribution. Malgré les bonnes nouvelles, c'est le message d'Annick qui lui importe le plus.

Sujet : T'ES OÙ ? ? ? ? ? ? ?
De : Annick Tremblay 18/11/11
À : super_tom@gmail.com

Hé, beau mec ! (oui, oui, je viens de te dire que t'es beau, pis après ?) T'ES OÙÙÙÙ ? ? ? ? Je t'écris du local d'info, c'est plate à mort et j'ai hâte que la journée finisse ! Je suppose que t'es malade, alors je t'envoie plein de bisous pour que tu guérisses vite. Si jamais c'est pour une autre raison que t'es pas là, garde les bisous quand même !

Donne-moi des nouvelles, OK ?

xoxoxoxox

P.-S. : C'est demain que mon père vient chez nous !!!!!! STRESS !!!!

De quoi donner le sourire ! Thomas s'empresse de lui répondre, soudainement réveillé comme s'il venait de boire le double expresso de sa mère.

Sujet : Re : T'ES OÙ ???????
De : Thomas Hardy 19/11/11
À : anouck98@yahoo.fr

Hola ! Désolé de pas t'avoir répondu plus tôt, mais disons qu'hier, j'ai été mis K.-O. (je rentrerai pas dans les détails). J'ai bien reçu tes bisous et ils sont comme des pilules de force !

C'est aujourd'hui que j'accorde mon entrevue pour le journal, alors on peut dire qu'on a tous les deux quelque chose d'important au menu. Je vais t'appeler ce soir pour qu'on se jase de ce qui s'est passé, OK ?

J'ai bien hâte de te parler !

P.-S. : Freddy te dit : « RAWR ! »

Malgré les protestations d'un minet installé trop confortablement sur ses cuisses, Thomas éteint l'écran et se lève pour commencer à se préparer : comme l'article sera accompagné d'une photo, il veut être au mieux devant l'objectif. Il passe d'ailleurs tellement de temps dans la salle de bain que Diane croit qu'il est encore malade.

— Ça va, mon grand ? demande-t-elle en cognant à la porte.

— Oui, je m'en viens !

Thomas en ressort tout frais et mieux léché qu'un félin obsessif-compulsif.

— Mon Dieu ! s'exclame sa mère en le voyant. On a avancé dans le temps jusqu'à ton bal de finissants ou quoi ?

Il remonte alors le col de sa chemise et appuie son dos contre le mur avec un air de séducteur.

— T'es jalouse de mon *swag*, dis ?

— *Swag* ?

Il roule les yeux.

— Mon style vachement décontracté…

— Oh, haha! Oui, vraiment!

Lorsque Diane lève la main pour réarranger sa chevelure à son goût, Thomas l'évite.

— Pas touche! On n'améliore pas la perfection…

Puis il remonte vers sa chambre en se dandinant sous les yeux amusés de la dame.

L'attente prend fin à quatorze heures, lorsque le journaliste se présente à la porte avec trente minutes de retard.

— Bonjour, bonjour! Thomas, je suppose?

— En chair et en os!

— Moi, c'est Jacques. Heureux de faire enfin ta connaissance! Désolé pour le retard, j'ai eu quelques difficultés à me rendre.

— Pas de problème, j'avais rien d'autre de prévu.

— Oui… euh… tant mieux. Claire m'a beaucoup parlé de toi, tu sais? Elle t'apprécie énormément.

— C'est cool. Je la trouve pas mal fine, moi aussi.

Impatient de le rencontrer, Xavier s'avance vers l'homme pour se présenter et l'invite aussitôt à entrer. Pendant que sa conjointe sert les canapés, il verse un peu de vin dans des coupes tout en bombardant le journaliste de questions, ce qui rend Thomas un peu mal à l'aise.

— On apprécie ton enthousiasme, papa, mais je ne pense pas qu'il écrive un article sur lui-même…

Tandis que son visage devient rouge, Xavier se met à rire jaune.

— Mille excuses ! Je vais vous laisser faire votre travail ! dit-il aussitôt en prenant une bonne gorgée de vin.

L'humour et le franc-parler de Thomas plaisent grandement à Jacques.

— Je vous en prie, c'est tout naturel d'être curieux. J'ai l'habitude de me faire poser plein de questions sur mon travail, mais bon, puisqu'on a une entrevue au menu…

Le journaliste prend quelques photos de Thomas, puis sort de sa poche une petite enregistreuse qu'il dépose sur la table à café.

— C'est tout simple, dit-il en la mettant en marche. On va discuter comme si de rien n'était. Réponds à mes questions du mieux que tu peux, mais rappelle-toi que ce n'est ni un examen ni un interrogatoire policier. On veut tout simplement te présenter aux lecteurs et leur exposer tes projets. Est-ce que tu as des questions, des commentaires, des menaces de mort ?

Xavier, tel un admirateur en pâmoison, s'esclaffe devant la blague.

— Des menaces de mort ! s'exclame-t-il. Elle est bonne, celle-là !

Thomas se contente d'adresser un sourire à Jacques.

— Non, on peut commencer.

— Parfait. Alors, parle-nous un peu de toi.

— Euh… ben… je m'appelle Thomas. J'ai douze ans. Je suis en secondaire un…

Le garçon regarde son père, puis le journaliste, et hausse les épaules.

— Je sais pas vraiment quoi dire…

— Voyons, Thomas, chuchote Xavier comme pour échapper à l'enregistreuse, tu es pas mal plus volubile que ça, d'habitude.

Diane donne un léger coup de coude à son conjoint tandis que Jacques reprend :

— C'est pas grave, c'est normal d'être un peu nerveux. Je vais te poser des questions plus précises, OK ?

— J'aimerais mieux ça, oui.

— As-tu des frères et sœurs ?

— Oui, mais mon grand frère travaille aujourd'hui et ma p'tite sœur est chez mes grands-parents. On voulait avoir le calme dans la maison.

— C'est pas tous les jours qu'on reçoit un journaliste ici ! lance Xavier.

Deuxième coup de coude. Message reçu.

— Et d'où t'est venue l'idée des « bravoures » ?

C'est à ce moment que les yeux de Thomas s'allument et que les mots se mettent à sortir. Il raconte d'abord comment il a découvert le vénérable *Livre des records Guinness* ainsi que ses ambitions initiales plutôt irréalistes, puis suivent les péripéties qui ont mené à sa première bravoure, les leçons apprises en chemin et l'impact qu'elles ont eu sur sa vie. Il en profite aussi pour parler de ses amis et de leurs rôles respectifs dans ses projets.

— Qu'est-ce qui compte le plus pour toi par rapport à tes projets ? Quelle est ta plus grande motivation ?

— Hum, c'est difficile à expliquer. Il y a comme deux côtés qui vont pas vraiment ensemble, mais qui sont là.

— Intéressant… Explique.

— Ben… j'ai vraiment envie d'améliorer les conditions de vie des moins fortunés, j'aime ça, sentir que je peux avoir un impact positif sur d'autres vies que la mienne, mais…

— Mais ?

— Dans un sens, je le fais aussi pour moi, alors…

Thomas fixe momentanément le tapis du salon, et Jacques remarque un changement dans son expression.

— C'est étrange, cet aspect-là semble te déranger. Est-ce que je me trompe?

— Non, c'est vrai. Comme je l'ai dit, quand j'ai commencé à penser aux records Guinness, je rêvais de gloire. Je voulais être meilleur que les autres, me démarquer. C'est plus tard que j'ai compris que je pouvais faire mieux que ça, que ça vaut plus la peine de me mettre au service d'une bonne cause, par exemple. C'est juste que, des fois, je me rends compte que je tripe beaucoup sur la... célébrité, si on veut, qui vient avec. Je suis content de rendre les gens heureux, mais j'aime beaucoup que ce soit grâce à moi, vous comprenez? Ça me mélange... parce qu'en fin de compte, je sais plus trop si ça fait de moi une bonne ou une mauvaise personne.

Les trois adultes se regardent, étonnés.

— Mais il n'y a aucun mal à ressentir du plaisir à faire le bien, tu sais.

— Ouin, je suppose que non.

— Et puis, tant mieux si tu apprécies ce qui se passe autour de toi, parce que le contraire serait plutôt inquiétant, tu ne trouves pas?

— Sûrement.

— Et laisse-moi te dire une chose: malgré les raisons qui se cachent derrière, au bout du compte, ce sont tes actions qui définiront l'influence que tu auras sur les autres. On a chacun nos motivations personnelles de faire les choses, et la générosité absolue, si elle existe, est beaucoup plus rare qu'on pourrait le penser. Évidemment, c'est préférable d'avoir des intentions louables et sincères quand on fait le bien, mais ça ne veut pas dire qu'on doit s'empêcher de profiter des retombées.

Thomas acquiesce vivement, appréciant les sages paroles du journaliste.

— Mais bon, poursuit Jacques, je crois qu'on s'est un peu éloignés de la ligne éditoriale. On va garder ce bout-là pour nous.

Il appuie sur le bouton d'arrêt de l'enregistreuse et tend sa main à Thomas.

— J'ai tout ce qu'il me faut, on va s'arrêter ici. Ça m'a fait un énorme plaisir de faire ta connaissance, tu m'impressionnes vraiment et je suis certain que tu vas aller loin dans la vie.

— Merci beaucoup. Moi aussi, ça m'a fait plaisir de vous rencontrer. Quand est-ce que l'article va sortir ?

— En fait, je compte me dépêcher. On va en profiter pour donner un p'tit coup de pouce à ta collecte. Ça devrait être publié d'ici vendredi prochain, alors garde les yeux ouverts.

— Pas de problème, je connais un certain monsieur qui va se faire un plaisir de vérifier pour moi.

Son père, qui se reconnaît aussitôt, sourit et serre vigoureusement la main du journaliste. Une fois que ce dernier a quitté leur demeure, Diane et Xavier prennent Thomas dans leurs bras et lui expriment leur fierté. Bien que faire parler de soi dans un quotidien populaire constitue un bel exploit, c'est la maturité et la franchise dont leur fils a fait preuve qui les touchent tout particulièrement. Quant à lui, Thomas se sent plus léger : Jacques lui a fait comprendre une vérité qu'il n'est pas près d'oublier.

VINGT-DEUX

La fin de semaine a été des plus fructueuses pour Thomas. L'entrevue avec le journaliste lui a insufflé une bonne dose de motivation : comme l'article fera beaucoup de publicité à sa collecte, il n'a d'autre choix que de retrousser ses manches. N'ayant eu pour seule distraction que l'appel d'Annick (qui flotte sur un nuage depuis la visite de son père), il a pu amplement réfléchir à sa prochaine bravoure, et les idées se sont succédé jusqu'à ce que la meilleure l'emporte. Par moments, il ne savait plus trop s'il était un scénariste ou un bienfaiteur, tellement il pensait au résultat final en termes cinématographiques. *Ce sont tes actions qui définiront l'influence que tu auras sur les autres*, s'est-il répété plusieurs fois pour se rassurer. Aucun mal à prendre tant de plaisir à faire le bien !

À l'école, les quatre amis dînent rapidement, puis se rendent à la bibliothèque pour discuter en paix. Thomas est très heureux de constater qu'il n'est pas le seul à s'être creusé les méninges pendant la fin de semaine. William, qui a modifié le site Web selon les nouveaux paramètres de la collecte, vante fièrement la contribution de son père :

— C'est vraiment cool ! Les gens peuvent maintenant envoyer directement des fonds en utilisant le site !

— Pour vrai ? demande Thomas. Mais comment ça fonctionne ? Je comprends pas trop...

— Regarde. PayPal, c'est comme un genre de compte de banque virtuel qui est relié à une adresse de courriel. Tu peux envoyer des fonds de n'importe où dans le monde !

— OK... Mais il est où, cet argent-là ? Est-ce que tu peux le retirer ?

— Ben oui ! Quand tu reçois des fonds, t'as juste à les faire déposer dans ton compte de banque. Là, c'est au nom de mon père, évidemment, parce qu'il faut avoir dix-huit ans pour s'inscrire. Lui, il est membre depuis longtemps : il utilise ça surtout pour payer les bébelles qu'il achète sur les sites d'enchères.

— C'est génial, comme concept !

— Mets-en, ça facilite vraiment les choses. On a juste à laisser les fonds s'accumuler tout au long de l'année en donnant aux gens des mises à jour sur le total ramassé. Ça va être un genre de compteur sur la page qui va monter au fur et à mesure qu'on reçoit des dons.

Karl, qui écoute ses copains avec grand intérêt, frotte son menton imberbe.

— Euh… je suis pas certain de tout comprendre…

— Regarde, dit Ernesto, on fait des bonnes actions, on les filme, puis on les met en ligne… Après, les gens vont voir ça et se rendent sur le site Web pour faire des dons. *Comprende?*

— Exact ! s'exclame Thomas. Ou bien le contraire : les gens entendent parler du site Web, ils le visitent, puis envoient de l'argent pour la cause, ensuite ils cliquent sur les liens YouTube par curiosité et finissent par regarder les vidéos les plus cool du Web ! On devient des stars, on attire d'autres spectateurs, et le cycle se répète ! C'est comme un cercle vicieux, mais en positif… genre.

— C'est un cercle vertueux ! Bravo, *amigo*, c'est un plan sans faille !

— Mouahahaha ! Le monde est à moi !

— Hu-hum !

— Euh… à NOUS !

— Chhhhut ! fait la bibliothécaire qui se trouve juste derrière eux.

Pour être bien certain de ne pas enfreindre le règlement, Karl murmure sa question si bas que personne ne la comprend.

— Quoi? demande Thomas.

— J'ai dit: qu'est-ce que mes parents doivent faire avec les pourboires qu'ils mettent de côté pour la collecte?

— Oh, au pire, ils ont juste à les ramasser jusqu'au jour du don. Ça sera quand même pas des millions…

— Ou bien ils peuvent les envoyer avec PayPal, propose William.

— Euh… ils ont déjà eu assez de misère à se créer un profil Facebook, je pense qu'ils vont garder la bonne vieille méthode.

Thomas hausse les épaules.

— Regarde, c'est comme vous voulez, on s'enfargera pas dans les détails. De toute façon, j'en ai parlé avec Jean-François et il va s'occuper de la gestion des sous. Will, oublie pas de mettre l'adresse de l'école avec son nom sur le site Web pour que les gens puissent envoyer des chèques. Il m'a dit qu'il ouvrirait un compte juste pour les dons.

William acquiesce et envoie l'information à sa mémoire d'éléphant.

— D'un coup qu'il vole l'argent! s'exclame Karl.

— Chhhuut! répète la dame avec un semblant d'autorité.

— Relaxe, mon homme, c'est pas de monsieur Sigouin qu'on parle, là.

Ernesto fronce les sourcils.

— Parlant de monsieur Sigouin, as-tu pensé à ce qu'on allait faire de lui ?

— Oh, que oui !

Les trois camarades de Thomas avancent la tête, plus que curieux de connaître son plan. Ravi de cette attention toute particulière, *el comandante* leur résume donc le concept de sa nouvelle bravoure : une grande kermesse de Noël où les stands de jeu seront tenus par des itinérants, avec un rôle spécial réservé au directeur. Lorsqu'il se tait, leurs visages souriants à l'extrême sont la seule confirmation dont il avait besoin pour entreprendre ses démarches.

— En tout cas, disons que j'ai pas mal de coups de fil à donner, dit-il avec un peu d'autodérision.

— Courage, *muchacho* ! Un pour tous…

— Tous pour un !

— CHHHUUUUT!!!

Quand il descend aux cases pour aller prendre ses manuels scolaires, Thomas croise Annick qui, justement, le cherchait. Elle est en compagnie de Julie.

— Salue, les filles ! Ça gaze ?

— « Ça gaze ? » T'as passé la fin de semaine à Paris, mon coquin ?

— Hé, hé… oui, un p'tit aller-retour en pre-mière classe. C'est ça, la célébrité !

Les deux filles échangent un regard complice.

— Je te rejoins en haut, Annick. À plus, Thomas !

— À plus, Julie !

— Pis, des nouvelles de ton père ?

— Oui, mes parents se sont encore parlé au téléphone hier. C'est encore juste une impres-sion… parce que ma mère veut toujours rien me dire, mais je pense vraiment qu'ils vont revenir ensemble !

— Il me semble que ça arrive jamais, ces choses-là. T'es vraiment chanceuse, tu sais !

Annick acquiesce vivement, mais son expres-sion change aussitôt.

— Qu'est-ce qu'il y a ? demande Thomas.

— Oh, rien.

— Je te crois pas, allez !

— C'est rien, juste une p'tite inquiétude.

— Une inquiétude de quoi ? Il est trop tard pour rien dire, essaie même pas de te défiler !

L'adolescente grogne.

— Bah, tu ferais pareil à l'inverse, ma grande, *go* ! Elle soupire.

— Bon, j'ai juste peur que, s'ils reviennent ensemble, je sois obligée de retourner vivre à Sainte-Agathe.

Le cœur de Thomas se tord en entendant le terrible nom.

— Arrête, tu me niaises ?

— Tu vois ? Je savais que c'était mieux de pas en parler. Là, on va être deux à s'en faire pour rien.

— Mais bon, mettons qu'ils reprennent, pourquoi c'est pas lui qui viendrait vivre avec vous ?

— Ben, son travail est là-bas, pis c'est un gars de la nature, il virerait fou en ville ! Disons qu'on peut pas trop lui en demander, là…

Le visage de Thomas devient blême.

— Et puis, il y a la maison, ajoute Annick. Il vient tout juste de la retaper.

Ne sachant trop quoi dire, le garçon se retourne sèchement, puis se dirige vers sa case.

— Hé ! s'exclame son amie en le retenant par le bras. Pense pas que ça me ferait plaisir ! D'un côté, oui, c'est sûr, parce que je veux voir mes parents ensemble, mais tu le sais, que ça me ferait beaucoup de peine qu'on se voie moins souvent. Tu le sais ça, hein ?

Bien qu'il se sente mal de réagir ainsi, la simple perspective de la perdre le rend si vulnérable que son orgueil prend le dessus. Il se défait donc de sa tendre poigne et la laisse en plan, préférant digérer la nouvelle (qu'il tient pour officielle) à l'abri de ses yeux perçants.

En classe, Thomas peine à se concentrer. Voilà que le tableau qu'il s'était peint du reste de son année se voit tout barbouillé par la possibilité qu'Annick ne fasse plus partie de son quotidien. Il a beau se répéter que rien n'est encore joué et que, s'ils se remettaient ensemble, ses parents laisseraient sans doute le temps à leur fille de terminer son année, rien n'y fait : pour une raison qu'il ignore, le pire scénario est celui qui prend le plus de place dans sa tête. C'est à ce moment précis que le garçon admet qu'il est totalement amoureux et, devant son avenir incertain, cette prise de conscience l'effraie. L'amour fait mal, qu'on dit…

VINGT-TROIS

— Bon, c'est réglé ! chante presque Jean-François en raccrochant le téléphone. Tes pancartes sont affichées dans trois écoles, et mes collègues ont déjà commencé à tâter le pouls des élèves pour organiser leurs propres activités-bénéfice. Si je me rappelle bien, tu as un ami dans un autre collège qui est prêt à nous aider, c'est ça ?

— Oui, répond Thomas avec la mine basse. Je lui ai remis une affiche pour qu'il fasse des photocopies, il va en mettre partout. Il m'a dit qu'il essaierait aussi de faire un marathon de hockey cosom pour ramasser des fonds, ou quelque chose du genre, je sais plus trop…

— Coudonc, qu'est-ce qui se passe avec toi ? T'as l'enthousiasme d'une momie égyptienne, tout à coup…

— Oh, rien, je suis juste fatigué.

— T'es sûr ?

— Oui.

— Si tu le dis ! Pour ce qui est de ton nouveau projet, est-ce que tu as besoin d'un coup de main pour quoi que ce soit ?

— En fait, c'est pour ça que je suis venu te voir. J'ai comme l'impression que les gens de l'Accueil Bonneau vont pas prendre un jeune de douze ans au sérieux.

— Haha ! Tu as peut-être raison, tu veux que j'appelle à ta place ?

— Si ça te dérange pas.

— Pas du tout ! Je peux même faire ça maintenant. Fais juste me répéter les grandes lignes pour que j'aie l'air compétent.

En expliquant de nouveau son concept, Thomas parvient presque à oublier ses tracas. *Presque.* L'enseignant fait une brève recherche sur Internet et saisit le combiné.

— Bonjour, mon nom est Jean-François Gagné et je suis enseignant au Collège Archambault. Mes élèves et moi voulons organiser une activité-bénéfice juste avant les fêtes et je voudrais savoir s'il serait possible d'avoir une dizaine de volontaires parmi vos bénéficiaires. Oui, merci.

Mise en attente.

— Ils pourraient mettre de la musique au moins, marmonne Jean-François en créant avec ses doigts son propre tempo sur le bureau.

Lorsque la personne responsable du service prend l'appel, le jeune homme répète sa demande et une brève conversation s'ensuit durant laquelle il explique davantage l'idée de Thomas.

— Oui, merci. J'attends de vos nouvelles !

Clic.

— Et ? demande le garçon.

— Ils trouvent l'idée super intéressante et ils vont communiquer avec moi dès qu'ils auront trouvé assez de volontaires.

— C'est bon pour moi !

— Ils n'ont pas de locaux à nous prêter par contre, rien d'assez grand pour ce que tu veux faire, en tout cas.

Thomas se prend le visage à deux mains et tire sa peau vers le bas.

— Hum, joli, mon Tom !

— Merci.

— On pourrait tout simplement faire ça ici, dans le gymnase double… Qu'est-ce que tu en penses ?

— J'en pense que c'est une bonne idée et que j'aurais dû y penser avant. Bon ! Je m'en vais chez nous !

— C'est bon, va te reposer. Je m'arrange avec madame Laurier pour réserver le gymnase. On se tient au courant.

Thomas acquiesce et fait le signe de paix. Ses pieds sans pep qui traînent sur le sol rappellent effectivement ceux d'une momie égyptienne.

À vol d'oiseau, on aurait pu apercevoir Thomas et Annick tout près l'un de l'autre, car la jeune fille a attendu son ami devant la sortie pendant une quinzaine de minutes. Malheureusement, ils se sont manqués de peu et retournent l'air maussade à leurs domiciles respectifs. En rentrant chez lui, Thomas esquive les interrogations maternelles et monte directement à sa chambre pour broyer son noir en paix. Surprise du siècle : sur son lit se trouve une boîte, qu'il s'empresse d'ouvrir. Un ordinateur portable flambant neuf ! Le garçon n'en croit pas ses yeux !

— Il te plaît ? demande Xavier, accoté au cadre de la porte.

— Mets-en ! Comment ça, c'est là ? En quel honneur ?

— C'est simple : les jeunes hommes généreux et entreprenants, ça mérite un peu d'encouragement, des fois…

Thomas court vers son père et lui offre sa plus forte étreinte.

— J'ai aussi acheté un routeur sans fil, poursuit Xavier. Tu vas pouvoir accéder à Internet de n'importe où dans la maison et, moi, je vais enfin récupérer mon bureau. Tout le monde y gagne au change !

— C'est vraiment gentil, *pops*. C'était pas nécessaire, tu sais.

— Bah, les prix ont beaucoup baissé, et je me suis dit que c'était devenu un outil de base pour l'école. J'ai quand même pris soin de choisir un modèle avec une bonne carte graphique pour que tu puisses faire du montage vidéo.

— Pour vrai? Pis jouer à des jeux?

— Oui, monsieur! C'est pas la bombe des bombes, mais le vendeur m'a dit qu'il s'agissait du meilleur rapport qualité-prix dans cette gamme-là.

Aussi enthousiastes l'un que l'autre devant ce nouveau bidule technologique, père et fils s'amusent ensuite à déballer l'appareil et à le configurer, comme quand Thomas était plus jeune et qu'ils assemblaient des Lego ensemble sur le tapis de sa chambre. Décidément, cette agréable distraction est tombée on ne peut plus à pic.

Plus tard, alors qu'il surfe sur le Net, confortablement installé dans son lit, Thomas entame une recherche afin de trouver une compagnie de location d'équipement pour les fêtes en plein air. Il tombe finalement sur un site offrant une multitude d'attractions comme des châteaux gonflables et des jeux d'adresse, en plus des services d'animation et de décoration. L'argent recueilli lors de la vente des DVD couvrirait sans doute une partie des frais et, d'après lui, son école pourrait obtenir des rabais avantageux en échange d'une commandite. La surprenante visibilité de sa première bravoure n'est-elle pas une preuve suffisante pour convaincre une entreprise de s'y associer?

Rempli d'espoir, Thomas envoie le lien à Jean-François et lui donne de nouveau rendez-vous à son bureau. Il commence ensuite à écrire un message à Annick, mais le supprime dès la première phrase. Après tout, demain est un autre jour, et son amie en fera certainement partie, alors aussi bien faire comme si de rien n'était. Son anxiété face à l'avenir incertain de leur relation lui rappelle d'ailleurs une leçon récente:

— Je ne sais pas si c'est une bonne ou une mauvaise chose, dit-il tout haut pour se rafraîchir la mémoire.

Thomas n'a pas à attendre très longtemps pour mettre sa résolution à l'épreuve, puisque, le lendemain matin, Annick l'attend devant l'entrée. Elle l'étudie attentivement pour deviner son humeur, sa bouche formant une expression mystérieuse qui rappelle la fameuse Joconde. Comme il se l'est promis la veille, le garçon la salue avec un beau sourire en affichant son assurance habituelle.

— Salut, beauté! Comment va la vie?

— Euh… bien… Toi?

— Splendide, très chère ! J'ai reçu un ordinateur portable hier. Pas pire cadeau, non ?

— En effet, félicitations.

Thomas joint ses mains et les secoue dans les airs comme s'il avait remporté le Grand Prix de Formule 1.

— Merci ! Merci !

— Je voulais te dire, pour hier…

— On s'en fout, c'est pas important.

— Non ?

L'expression d'Annick indique qu'il a peut-être mal choisi ses mots.

— En fait, c'est pas que c'est pas important… C'est juste que t'avais raison : il y a rien de décidé encore, pis ça sert à rien de s'en faire avec ça.

— Oh, oui. Eh bien, je suis contente que tu voies les choses comme ça. J'ai pas beaucoup aimé ta réaction, hier.

— Désolé, j'étais juste un peu fatigué. J'ai agi comme un bébé. Mais bon, on va être en retard !

Thomas lui ouvre la porte en parfait gentleman, et les deux amis se rendent aux cases en discutant de tout et de rien.

Peu de temps après la dernière cloche, Jean-François se pointe devant son bureau où se trouve déjà Thomas.

— Salut, le jeune ! Comme ça, tu as travaillé fort hier soir ?

— Euh… si on veut.

— Personnellement, je n'ai pas encore eu de nouvelles de l'Accueil Bonneau, mais c'est oui pour le gymnase !

— Yé ! Ç'a été rapide !

— En effet, madame Laurier est vraiment gentille, elle a même déplacé un groupe de parents qui devaient jouer au badminton ce jour-là. Et en plus, elle nous accorde un budget de cinq cents dollars ! Bon, on risque de dépasser ça, alors il va falloir que ton plan de commandite fonctionne.

— Ça va fonctionner ! Donc, il reste juste à appeler la compagnie de location ?

— Tu ne préfères pas attendre d'avoir la réponse de l'Accueil ?

— Hum, non. C'est mieux qu'on organise ça le plus vite possible, pis, même si ce serait juste trop parfait d'avoir des sans-abri parmi nous, au pire, on prendra des élèves ou des parents volontaires pour s'occuper des stands.

— Effectivement, ce serait un plus, mais ce n'est pas indispensable. OK, j'appelle !

Pour Thomas, le suspense est tel que le coup de téléphone pourrait être (en exagérant un tantinet) celui du premier ministre sur le point de déclencher une guerre.

— Oublie pas de donner au gérant l'adresse de mon site et celle de la chaîne YouTube, chuchote-t-il alors que son professeur salue son interlocuteur. Il a juste à regarder la vidéo du bal pour savoir ce qu'il manquera s'il refuse !

Jean-François lève son pouce pour montrer que tout va bien, puis se met à présenter le projet avec enthousiasme. La conversation dure quelques minutes durant lesquelles le jeune Hardy s'accroche à chaque mot.

— Hum, ç'a l'air de l'intéresser, finit par dire Jean-François après avoir raccroché. Mais il doit d'abord en parler avec le propriétaire.

Thomas pousse un grognement de frustration.

— Je suis tellement tanné d'attendre après les réponses, pourquoi tout le monde est pas comme madame Laurier ?

— Haha ! Patience, mon brave, être sur les nerfs n'accélérera pas le processus ! Maintenant, va te changer les idées, tu as juste douze ans et c'est trop jeune pour stresser. Je m'occupe de tout, t'inquiète pas !

Thomas sourit et salue son allié, confiant en ses talents de négociateur. Les poches de son pantalon cachent néanmoins des doigts croisés très, très fort.

VINGT-QUATRE

Dix-sept décembre 2011, onze heures trente : Thomas, déguisé en père Noël, attend à l'extérieur du collège l'arrivée du minibus transportant les itinérants bénévoles. Ernesto, qui filme un peu par-ci par-là pour montrer l'organisation de l'événement, se tient debout à ses côtés, la caméra bien à l'abri sous son manteau.

— Brrr ! C'est pas chaud ! dit-il en grelottant.

— Il faut souffrir pour notre art !

— Oh, je souffre, je souffre ! Alors, tu n'as aucune idée de qui va débarquer du bus, c'est ça ?

— Non, je sais juste qu'il y en a dix.

— C'est vraiment cool qu'ils aient accepté de venir nous aider à leur tour.

— Mets-en ! Et puis, c'est bon pour eux, ça va donner encore plus de visibilité à leur propre organisme.

— *Sí*, les problèmes paraissent plus réels quand on rencontre les gens en chair et en os…

— Surtout que chacun va laisser des pamphlets devant son stand, en plus d'une carte avec une petite biographie que le monde va pouvoir lire pour connaître un peu son histoire personnelle.

— C'est vraiment une bonne idée.

— Oui, c'est les gens de l'Accueil Bonneau qui ont pensé à ça.

Au même moment, le minibus pénètre dans le stationnement. Ernesto sort le caméscope tandis que Thomas et lui marchent vers le véhicule pour accueillir les bénévoles. Visuellement, l'échantillon est parfait : il y a quatre jeunes punks aux cheveux colorés, tatouages et perçages inclus ; quatre adultes d'une quarantaine d'années, leurs visages creusés et pleins de vécu adoucis par des yeux clairs et brillants ; et enfin, deux aînés qui, malgré des corps qui ont connu des jours meilleurs, affichent de grands sourires reconnaissants.

— Bonjour, tout le monde ! s'exclame Thomas. Bienvenue au Collège Archambault ! Si vous voulez me suivre, on a du café chaud qui vous attend pis un tas de choses à grignoter pour ceux qui ont faim. Ah oui, si jamais le caméraman vous énerve, vous avez juste à lui donner un p'tit coup de pied au derrière !

— Hé ! proteste Ernesto.

Puis le groupe se dirige vers le grand gymnase qui a été transformé en salle des fêtes pour l'occasion. Il y a au total quinze stands de jeux d'adresse, en plus de deux immenses structures gonflables, louées à petit prix par Folies Foraines, la compagnie avec laquelle Jean-François est entré en contact quelques semaines auparavant. Après avoir laissé ce dernier sans nouvelles pendant plusieurs jours, le propriétaire l'a personnellement rappelé pour conclure une entente. Il se trouve que sa fille aînée a le même âge que Thomas et qu'elle connaissait déjà la vidéo du bal. En échange d'une présence bien visible du nom de son entreprise au début et à la fin de leur prochain court-métrage, le sympathique monsieur n'a fait payer aux organisateurs que le quart du prix habituel, soit les frais de transport et les salaires des employés.

Dans la salle, l'ambiance festive est assurée par les décorations traditionnelles de Noël : une centaine de ballons aux couleurs des fêtes, des couronnes, des guirlandes, des lumières multicolores ainsi qu'un énorme sapin, placé au milieu du gymnase, sous lequel sont empilés des cadeaux emballés qui seront tirés durant la fête. Denis, le père de William, contrôle encore une fois le son à partir de son ordinateur, faisant alterner musique des fêtes et autres morceaux.

Le concept de Thomas a été en partie inspiré par les traditionnelles fêtes foraines organisées par des groupes itinérants. Ceux-ci se promenaient de ville en ville pour établir temporairement leurs manèges et leurs stands en plein air, au grand plaisir des habitants qui étaient nombreux à s'y rassembler. Aujourd'hui, la présence de sans-abri en tant que bénévoles est donc parfaitement appropriée pour l'événement, et ces derniers semblent très heureux d'y participer, si l'on en juge par l'enthousiasme avec lequel ils se rendent à leurs kiosques respectifs. On leur remet ensuite un bonnet de Noël servant à identifier les opérateurs de stands, tandis que des employés de Folies Foraines leur expliquent brièvement le fonctionnement des jeux.

La publicité de l'événement a ciblé uniquement le Collège Archambault et n'a pas figuré sur le site Web des « bravoures », question d'éviter qu'un trop grand nombre de personnes ne se présentent, rendant l'événement difficile à gérer. La quantité de nourriture et de prix à gagner a donc été calculée pour un maximum de six cents donateurs qui, en plus d'avoir payé à l'avance des frais d'entrée, doivent aussi acheter sur place des billets numérotés qui leur permettront de jouer et de manger. Dès l'ouverture des portes, plus d'une soixantaine de personnes, qui faisaient la file à l'extérieur, pénètrent enfin dans la salle afin de s'amuser et de dépenser leurs sous pour une bonne cause.

Ce sont les Langlois qui, une fois de plus, se sont chargés de préparer la nourriture, délaissant leur menu plus raffiné pour des aliments de restauration rapide plus adaptés à ce genre de fête. Bien qu'ils récupèrent cette fois les coûts de l'opération, tous les profits seront versés à la collecte. Karl, qui a enfilé son désormais célèbre uniforme de serveur (agrémenté d'un bonnet de Noël), prend un plaisir fou à donner d'énormes portions de dessert à ses clients. Les odeurs de friture et de barbe à papa se mélangent agréablement pour contribuer à l'illusion d'une journée à La Ronde.

Lorsque la salle compte une centaine de participants, Thomas prend le micro et salue la foule. Il présente ensuite les bénévoles et fait un bref discours pour expliquer comment l'événement a été créé ainsi que son lien avec la grande collecte de nourriture. Suivent les remerciements pour les personnes, les entreprises et les organismes qui ont contribué, de près ou de loin, au succès de cette superbe journée. Après avoir souhaité à tout le monde de bien s'amuser, Thomas lance officiellement la fête sous les applaudissements généreux de toutes les personnes présentes.

Les stands, au grand plaisir de l'organisateur, sont de qualité professionnelle. Ils proposent des jeux d'adresse similaires à ceux que l'on trouve à La Ronde, mais le degré de difficulté pour remporter un prix varie selon la personne qui joue. Par exemple, si un adulte tente sa chance aux anneaux, il devra réussir trois lancers, alors qu'un seul suffira s'il s'agit d'un enfant. Les prix, dont la plupart sont usagés mais jugés assez attirants pour que les gens essaient de les gagner, proviennent généralement de particuliers. Les plus prestigieux, par contre, sont neufs et ont été offerts par des commanditaires. Il est intéressant de noter que William, faisant fi de son redoutable instinct de collectionneur, s'est départi de plusieurs jouets pour l'occasion. Un geste généreux qui lui a valu le respect de ses camarades, en particulier d'Ernesto.

Tout au long de l'après-midi, Thomas et ses deux assistants se promènent parmi la foule pour immortaliser l'événement, espérant capter des scènes insolites. Fort heureusement, cela ne s'avère pas trop difficile. En voici quelques exemples :

Le « professionnel » : En passant devant le stand de basketball, William surprend une conversation entre deux hommes qui attendent en ligne. L'un d'eux, un grand gaillard à l'air un peu snob, se vante d'avoir fait longtemps partie d'une équipe de basket pendant sa jeunesse. Il raconte un tas d'anecdotes sur ses succès légendaires, insistant sur le fait que, même après toutes ces années, il n'a rien perdu de sa dextérité et qu'il remportera facilement un des magnifiques ballons de cuir. Par contre, lorsque vient son tour, il rate la grande majorité de ses lancers, offrant excuse sur excuse à l'homme qui se tient derrière lui.

La caméra capte tout : les paniers ratés, son visage qui rougit graduellement de honte et de frustration, ainsi que les sourires moqueurs de ceux qui ont écouté ce qu'il a dit avant de jouer. Lorsqu'il remporte le plus petit des prix (littéralement, puisqu'il s'agit d'un minuscule ourson en peluche), et ce, en gaspillant cinq billets au total, l'ironique fierté qu'il affiche en le brandissant déclenche dans la file des rires incontrôlables.

Les jumeaux : Parmi la foule se trouvent des jumeaux de cinquième secondaire que nos jeunes caméramans connaissent de réputation. Ils sont devenus célèbres parce qu'ils ont un sens de l'humour bien particulier et qu'ils adorent jouer des tours en se servant de leur apparence identique. Après avoir carrément demandé à Ernesto de les suivre, l'un d'entre eux choisit un petit groupe de parents comme victimes tandis que l'autre part se cacher derrière un stand, à l'autre bout du gymnase.

Le premier, qui prétend être un magicien ayant un don de téléportation, raconte un peu n'importe quoi à son public sous l'œil attentif de son frère. Après une séance intense de concentration et de respiration profonde, il court vers les toilettes où il disparaît. L'autre, qui porte évidemment les mêmes vêtements, sort aussitôt de sa cachette et s'écrie à pleins poumons: «TA-DAAAAAA!!!» Malgré la simplicité de la supercherie, les visages médusés des gens confirment son efficacité, alors que plus d'un se fait avoir.

L'endormitoire: Assise sur un banc, la tête appuyée contre le mur, une dame obèse ne cesse de s'endormir et de se réveiller d'une manière absolument tordante. Chaque fois qu'elle ouvre les yeux, elle semble se demander où elle est. Elle regarde autour d'elle en prenant une ou deux bouchées de sa barre de chocolat géante, puis se rendort brièvement, et ainsi de suite pendant un bon moment. Lorsque la femme retombe endormie, la main qui tient le chocolat accroche constamment sa poitrine et salit son t-shirt de loup.

L'homme-enfant hyperactif: Le père d'un élève de la classe de Thomas, un homme d'une quarantaine d'années qui s'habille comme s'il en avait quinze, prend un si grand plaisir à jouer aux stands qu'il semble avoir bu une bouteille de deux litres de boisson énergisante. Il chante, il crie, il rit haut et fort, dépensant une petite fortune pour essayer les jeux encore et encore. Comme il donne les prix qu'il gagne à qui veut bien les prendre, un immense groupe d'enfants et d'adolescents gravite en permanence autour de lui. Ils l'encouragent avec un enthousiasme qui rivalise avec le sien, comme s'ils se trouvaient à une table de black-jack à parier des millions.

Les criardes : Un groupe de jeunes filles, qui ont complètement disjoncté en raison d'un mélange d'influence mutuelle et de sucreries, empruntent à répétition la glissade du château gonflable. Chaque fois, leur excitation s'apparente davantage à celle qui précède un saut en parachute qu'à celle d'une descente de quelques mètres sur une surface où l'on rebondit, et leur joie extrême, pour ceux qui tolèrent bien les sons très stridents, est tout simplement hilarante. Leurs réactions aussi, alors qu'elles réalisent que William les a filmées en pleine action et qu'elles le supplient de tout effacer : leur poursuite effrénée du caméraman, dont l'appareil est toujours en marche, semble tout droit sortie d'un film d'horreur.

Tandis que Thomas éteint sa caméra pour une pause bien méritée, il aperçoit Annick qui entre dans la salle en compagnie de ses deux parents. C'est la première fois qu'il voit Jean-Pierre depuis la fameuse escapade à Sainte-Agathe, et sa présence lui rappelle des souvenirs agréables. Bien qu'il crève d'envie d'aller retrouver celle qu'il aime, il se plaît à l'observer un moment à distance. Cette vision de la petite famille réunie l'émeut considérablement, et il lui semble qu'Annick resplendit davantage à présent. Finalement, c'est elle qui l'aperçoit et lui fait signe de venir les rejoindre.

— Salut ! lance-t-il au trio.

— Thomas ! s'exclame Myriam.

Elle s'avance vers lui et le serre très fort.

— Maman, tu peux le laisser respirer maintenant, merci.

La dame, déjà beaucoup plus jeune que la plupart des autres parents, semble avoir perdu quelques années depuis sa réconciliation avec Jean-Pierre. Ce dernier paraît d'ailleurs plus en forme que jamais et dégage une agréable sérénité.

— Content de te revoir, mon homme, dit-il avec un regard admiratif. Je n'ai pas encore tout vu, mais je peux déjà constater que votre fête est une grande réussite.

— Un peu trop même… Il y a encore des gens qui entrent, mais pas beaucoup qui sortent.

À ce rythme-là, j'ai peur qu'on manque de prix à donner.

— Est-ce que tes parents sont ici? demande Myriam.

— Oui, ils sont probablement pas très loin. Venez avec moi, on va les trouver.

Après les présentations, Thomas et Annick laissent les deux couples jaser, puis rejoignent les caméramans, eux aussi en pause.

— Prêts pour la grande finale, *amigos*? lance Ernesto en faisant bouger ses sourcils.

— Je pense pas avoir été aussi prêt pour quelque chose dans ma vie, répond Thomas avec un rictus diabolique.

Si ses yeux avaient pu s'allumer pour l'effet, ils l'auraient fait. William saisit sa caméra et vérifie l'espace qui reste sur la carte mémoire.

— Je me charge du gros plan sur Sigouin: on va rien manquer de son humiliation. C'est devenu personnel, déclare-t-il en prenant la voix rauque de Batman.

Trois semaines plus tôt, les mousquetaires ont finalement convenu d'une conséquence appropriée pour le directeur et se sont rendus à son bureau pour l'affronter. Face à l'irréfutabilité de la preuve ainsi qu'à l'étonnante assurance des quatre jeunes, monsieur Sigouin n'a eu d'autre choix que de s'avouer vaincu. Trois semaines à patienter, donc, avant que ne se matérialise le marché conclu entre les deux parties : l'excitation des garçons est à son comble devant le dénouement imminent.

Après avoir mangé, Thomas s'adresse de nouveau aux gens et leur demande de se rassembler autour du grand sapin illuminé.

— Mes chers amis, je vous remercie de votre soutien et, surtout, de votre belle joie de vivre qui a fait de cette journée un événement mémorable pour tout le monde. Malheureusement, toute bonne chose a une fin et il commence à se faire tard.

Déception dans la foule.

— Mais comme toute célébration de Noël n'est pas complète sans père Noël…

— Et toi ? crie l'homme-enfant hyperactif. Tu ne comptes pas ?

— Non, moi, je suis fiston Noël ! lui répond Thomas en caressant son menton imberbe. C'est donc avec un grand plaisir que je vous présente, venu directement d'une grotte grise et froide quelque part au pôle Nord, le seul et unique… *et quand je dis « unique », c'est pas nécessairement positif…*

Dit hors micro, le gag passe inaperçu dans la foule, mais les rires de ses amis compensent largement.

— … petit papa Noël ! ! !

C'est alors que monsieur Sigouin fait son apparition sous les cris et les applaudissements. Sa frêle silhouette empêche d'abord la plupart des gens de le voir, mais lorsqu'il parvient enfin à son siège surélevé, son apparence en fait rigoler plus d'un. Thomas peut clairement percevoir son malaise et s'en régale, s'assurant que ses assistants le filment dans toute sa splendeur. Comme promis, William fait un plan rapproché sur le visage du directeur pour capter ses moindres expressions.

Les billets du tirage sont ensuite tirés au sort, et les gagnants viennent un par un choisir leur prix. En laissant le micro tout près de sa bouche, Thomas oblige en quelque sorte le directeur à parler devant toute la salle, ce qui augmente considérablement son malaise. Il faut dire que certains des élèves gagnants ajoutent l'insulte à l'injure en s'assoyant sur les cuisses maigrichonnes du père Noël pour des photos souvenirs.

Après le tirage, Thomas reprend la parole :

— Mes amis, ce n'est pas terminé ! Nous avons préparé pour quatre heureux gagnants une activité toute spéciale ! Nous allons piger quatre billets au hasard, billets qui donneront enfin aux chanceux l'occasion de se venger !

Perplexe, la foule devient tout à coup silencieuse.

— Avez-vous déjà écrit au père Noël pour lui demander un cadeau, un cadeau que vous aviez souhaité tellement fort que vous en rêviez tous les jours ? Est-ce qu'il vous est arrivé de recevoir à la place une paire de bas ou un chandail de laine qui semblait avoir été tricoté par un daltonien ? Plutôt décevant, non, de la part de celui qui est censé exaucer les souhaits des enfants sages ?

Quelques rires ici et là.

— Voici donc votre chance de montrer au responsable de cet affront que vous n'avez PAS BEAUCOUP APPRÉCIÉ SON MANQUE DE SAVOIR-VIVRE !

C'est alors qu'un employé vient soulever la toile qui cachait une mystérieuse structure, à côté du sapin. Il s'agit en fait d'un siège qui est placé au-dessus d'un bassin rempli d'eau et qui s'ouvre lorsque le joueur atteint la cible, laissant tomber celui qui y est assis.

— Pourquoi l'eau est brune ? chuchote Annick à Thomas.

— Parce que j'ai versé genre cinq deux litres de Coke dedans. Par accident, bien sûr…

Maugréant pour lui-même, le directeur pose son derrière sur le siège et lance un subtil regard de mépris à son élève favori.

— Et maintenant, le tirage ! s'exclame ce dernier.

Il plonge la main dans son bonnet, qui ne contient en fait que quatre billets, et les retire un à la suite de l'autre.

— Wouhou ! s'écrie Karl en s'avançant avec son billet gagnant.

Suivi de William, d'Ernesto et, finalement, du maître de cérémonie en personne. Comprenant tout à coup le stratagème, la foule fait semblant de protester mais, en réalité, tous se bidonnent royalement. Annick, qui filme à présent, donne le signal aux garçons, puis ceux-ci s'abandonnent à leur délicieuse vengeance au son d'une musique entraînante. Après seulement quelques essais, juste assez pour faire durer le suspense, Thomas est le premier à faire basculer son ennemi juré dans sa mixture sucrée et collante. Comme convenu, le grincheux personnage se relève aussitôt, trempé jusqu'aux os, et reprend sa place sur le siège jusqu'à ce que chaque lanceur ait le grand bonheur de le faire tomber.

Tandis que ses amis s'amusent follement, Thomas balaie le gymnase du regard et prend conscience de tout ce qu'ils ont accompli ensemble, puis la main de son père se pose sur son épaule et lui transmet, tel un courant électrique, toute sa fierté. Décidément, aujourd'hui est une bonne journée, couronnée par la perruque toute trempée de monsieur Sigouin qui repose à l'envers sur son crâne dégarni !

À suivre...

Remerciements

Un gros, gros, GROS merci à la charmante Dominique qui m'a carrément ouvert la porte du monde de l'édition. Je l'ai souvent remerciée et je continuerai à le faire dans chacune de mes futures publications, et ce, jusqu'à ma mort.

Merci à mon bon ami Joseph, qui a pris la peine de me téléphoner un jour pour me dire que les trois premiers chapitres d'une histoire que j'avais écrite le faisaient CA-PO-TER ! Son enthousiasme m'a motivé à poursuivre.

Merci à Michel pour son coup de tête, pour avoir cru en mon talent et pour le chèque d'un million qui m'a CLAIREMENT été promis. Mon immense yacht est déjà acheté et les paiements mensuels débutent dans un an, alors j'attends…

Merci à Érika et Marie-Eve pour m'avoir aidé à améliorer mes récits, vos contributions ont été très appréciées.

Merci à mes correctrices, Patricia, Natacha et Élaine, pour avoir augmenté visiblement la qualité du français dans mes manuscrits.

Merci à Isabelle pour ses superbes illustrations, j'ai beaucoup aimé voir mes personnages prendre vie grâce à ses coups de crayons.

Merci à Marie-Noëlle pour avoir dit oui avant le non.

Merci à tous ceux qui, de près ou de loin, ont contribué à ce premier succès (c'est-à-dire le simple fait d'être publié, que ce livre me rapporte assez pour manger ou pas).

Philippe Alexandre